光属性美少女の朝日さんがなぜか毎週末俺の部屋に入り浸るようになった件

新人

GA文庫

カバー・口絵・本文イラスト
間明田

第1話　光属性の朝日さん

学校という小さな社会。

いわゆるスクールカーストにおける身分は、二つに大別できる。

一つは陰キャ……非リア属性の低層民。

休み時間は流行りよりも性能重視で選んだスマホを弄《いじ》るか、寝たふりをして過ごすような下位層。

交友関係は同学年の同一層で概《おおむ》ね完結していて、学外の知り合いはいても少数。

部活でもやっていれば多少は友人もいるが、そうでなければ悲惨の一言。

恋人持ちなんて阿漕《あこぎ》なスマホゲームの最高レアよりも珍しい。

ゲームの属性で例えるなら、紛うことなき闇《やみ》属性。

光を浴びれば瞬く間に消滅してしまう、深海の底を漂う塵《ちり》や澱《よど》みのような存在だ。

高校二年の十六歳で、趣味はゲームだけ。

進学校に通ってはいるが成績は下から数えた方が早く、帰宅部に所属。

そんな俺《おれ》、影山黎也《かげやまれいや》もご多分に漏《も》れず、その下層集団に属している。

対するもう一つは……いや、それは敢《あ》えて例を考えるまでもない。

その権化とも言える存在が今、俺の真横に座っているのだから。

「あー!!　やられたー!!」

ワンルームマンションの一室で、コントローラーを手に叫ぶミディアムショートヘアの美少女。

朝日光《あさひひかる》。

我が校一の人気を誇る女子が今、俺のベッドに座ってゲームに興じている。

それも陽《よう》キャ御用達のスマホのパズルゲームではなく、渋谷の女子高生の認知度が1%を切ってそうなハードコアな死にゲーだ。

画面の中では可愛げの欠片《かけら》もないオッサンたちが、刀を持って殺し合っている。

「う〜……くやし〜……もう一回!!　次は絶対に勝つ!!」

おどろおどろしい『死』の一文字が表示されている画面に怯《ひる》むこともなく、彼女は再び過酷な戦いへと身を投じる。

熱中のあまりに身体が前のめりになり、負ければ嘆き、勝てば大いに喜ぶ。

もう一回、もう一回と、時間を忘れて仮想の世界にのめり込む。

教室では、いつも一軍メンバーの中心で輝いている彼女からは想像もできない姿。

けれど、それはまさに俺たちと同じゲーマーの姿に相違なかった。

「またやられたー！」

再び表示された死の一文字に、朝日さんがベッドにもたれかかる。

普段の制服とは異なるカジュアルな私服。

女子のファッションは量子力学よりも分からないが、抜群に似合っているのだけは分かる。

プライベートの趣味の時間ということでリラックスしているのか、ところどころに普段は見られない無防備さも醸し出している。

広いとはいえない部屋で、そんな彼女と二人きりという状況。

まるでＤｏＴ《持続ダメージ》攻撃のように、ＨＰゲージをジワジワとすり減らしてくる。

『迷えば、敗れる』

画面の中でキャラクターの発した台詞が、まるで俺に言っているように聞こえた。

一方で、彼女はこの状況を特に気にしている様子もない。

「もう一回‼　今度こそ‼」

コントローラーの決定ボタンを強く押し込み、再びボスへと挑戦する朝日さん。

モニターへと向けられる眼差《まなざ》しは真剣そのもの。

彼女がこうして週末にやってきて、ゲームをするようになってもう二週間が経《た》つ。

俺たちがどうしてこんな関係になったのか。

この光と闇の戦いの歴史を紐解《ひもと》くには、少し時間を遡る必要がある。

＊＊＊

それは放課後、バイト帰りのバス内での出来事だった。

バイト先がある駅前のバス停から自宅近くのバス停までの二十分少々。

短いながらも、ゲームを軽くプレイするには十分な時間。

今日はどのタイトルをやろうかとゲーム機を取り出した俺の隣に、彼女は忽然《こつぜん》と現れた。

「影山くん……だよね？　同じクラスの」

ヘッドホン越しに聞こえてくるエンジンの音と、聞き心地のよい澄んだ声。

ふわりとした薄い色素のミディアムショートヘア。

同じ生物なのか疑問に思う小顔と、容姿端麗という言葉ですら陳腐に感じられる程に整った目鼻立ち。

双眸《そうぼう》はまるで、埋め込まれた二つの宝石のように輝いている。

街中ですれ違えば、百人中百人が振り返るような美少女。

普通なら自分とは到底接点のなさそうな人種だが、俺は彼女のことを知っていた。

朝日光――私立秀葉院《しゅうよういん》高校の2年B組、出席番号1番。

つまり、俺のクラスメイトだ。

「おーい、聞こえてる〜……？」

朝日さんが目の前で、俺の意識を確認するように手を振る。

全く予期していなかったイベントとのエンカウントに、身体と思考が硬直している。

例えるなら、フィールド上で不意に勇者パーティと遭遇したザコ敵の心地。

「朝日……さん……？」

「うん、そだよ。まだ同じクラスになって一ヶ月も経ってないのに覚えててくれたんだ」

「そりゃあ……まあ……。むしろ、それはこっちのセリフというか……」

「とりあえず、隣座ってもいい？」

「ど、どうぞ……」

何とか声を絞り出して返答すると、彼女は平然と俺の隣の席に腰を掛ける。

今の自分がどんな感じなのかは分からないが、傍から見ればきっと挙動不審の変な人だろう。

けれど、それも仕方がないと言わせてほしい。

まさか、あの朝日光が俺の存在を認知しているなんて思わなかったのだから。

というのもクラスメイトであるとはいえ、俺と彼女の立場にはまさに天と地ほどの差がある。

俺は教室の隅っこに生息しているただの陰キャゲームオタク。

成績もこれといって特筆すべきところはなく、運動神経に関しては悲惨の一言。

一方の朝日さんは常にクラスの……いや、学校の中心にいる陽キャリア充。

才色兼備で、男女問わずに生徒からの人気があるだけでなく、教師からの信頼も厚い。

学外では女子テニス界の期待の新星として知られ、モデルとしても活動している。

まさに天から二物も三物も与えられた存在。

同じゲームに登場するといっても、『勇者』と『おおなめくじ』では比較にもならないようなものだ。

「影山くんはこの時間に制服ってことは……もしかして、実は不良少年？」

「いや、バイト帰りだけど……」

「あっ、そうなんだ。どこでバイトしてるの？」

未《いま》だ状況を呑み込めずに困惑している俺に、朝日さんは質問を重ねてくる。

先制攻撃に加えて、1ターンに二回行動とか性能盛りすぎだろ。

「駅前で従姉《いとこ》が洋食の店をやってて、バイトというかそこの手伝いっていうか……」

「へぇ～！　従姉さんのお店なんだあ！」

何かに感心したように大きくうんうんと頷《うなず》く朝日さん。

「ちなみに私はこれが終わって帰るところ……って、見れば分かるよね」

彼女は左肩にかけてある縦に長いバッグを示す。

バスが揺れる度に、中からガチャガチャと硬い物がぶつかる音が聞こえてくる。

「それって、テニスの？」

「うん、いつもはクラブからお母さんの車で帰ってるんだけど、今日は色々あって私だけバスで帰ってるとこ」

「なるほど……」

と言いつつも、この状況が一体どういうことなのかまだ全く呑み込めていない。

「ところでさ。影山くんってゲーム好きだよね？」

「え？　まあ、好きだけど……」

「だよね。いつも休み時間にやってるし。しかも、結構コアなやつ」

そんな存在だと認知されていたのかという羞恥とは別に、ある疑念が膨らんでいく。

……やっぱり、罰ゲームか何かか？

あの陰キャに話しかけてこいって、よくありがちなやつか……？

そう思ってバス内を軽く見回すが、隠れて観察しているような誰《だれ》かの姿は見えない。

それに彼女は人をからかって遊ぶような性格ではないはず。

いや、そんなに詳しくは知らんけど……。

頭の中で色々な疑念がグルグルと渦巻く中、次に彼女が発した思いがけない一言がそれらをまとめて吹き飛ばした。

「実はさ……私も結構好きなんだよね。ゲーム」

「……何が？」

言葉の意味が理解できずに聞き返す。

「だから、ゲームが」

……罠《わな》か？

リア充の中のリア充である朝日光とゲームというオタク趣味が、頭の中で全く結びつかずに疑念が強まる。

やっぱり、誰かが俺を謀ろうとしているとしか思えない。

ＣＩＡとかＫＧＢとかＭＩ６的な。

「へ、へぇ……そうなんだ……」

「うん……っていっても、最近は色々あってあんまりできてないんだけどね」

いや、もしかしてこれはあれか？

ギャルの『アタシ、まじオタクだよ。オネピースとかめっちゃ好きだし』的なやつか？

そうだ。そうに違いない。

だったら俺が陰キャ代表として、ズケズケとこちら側に踏み込んできた敵を迎え撃つしかない。

「ちなみに、どんなゲームが？　最近やって面白《おもしろ》かったやつは？」

「えっとねー……最近一番面白かったのは……」

腕を組んで思案し始める朝日さん。

どうせスマホの音ゲーかパズルゲー、精々が流行りのバトロワ程度だろ。

カースト上位の陽キャが、ファッション感覚で俺らの世界に足を踏み入れてきやがって。

さあ、来るがいい。

生半可なタイトルを挙げやがったら、得意の早口語りで真っ向から叩《たた》き潰《つぶ》してやる。

「バイオ……」

なるほど、ハリウッド映画にもなった某サバイバルホラーシリーズか。

キラキラした女子高生が触れるには少し過激なタイトルだ。

しかし、国内では有名なシリーズで、家族がやっていたのを少し触ったくらいは十分にあり得る。

このくらいなら全然、想定の範囲な――

「バイオショッキング！」

……はは～ん、なかなかやるじゃん。

予想外のタイトルに、上から目線を崩さずにいるのが精いっぱいだった。

バイオショッキング――地底都市を舞台にしたＦＰＳスタイルのアドベンチャーＲＰＧ。

銃や超能力を駆使して戦うＲＰＧシューターとしてのゲーム体験はもちろん、レトロフューチャーな世界観で繰り広げられるゲームならではの巧みなシナリオに、当時としては高いレベルのグラフィックによって設計された地底都市という特異な舞台。

これら全てを高品質でプレイヤーに提供し、まさにゲームが総合型エンタメの王に相応《ふさわ》しいことを証明した傑作中の傑作だ。

そんな世界ではシリーズ累計三千万本を突破する人気作だが、こと日本に限っていえば『ゲーム好きなら当然知っている』くらいの認知度だろう。

少なくとも、渋谷の女子高生の認知度は間違いなく0・1%を切っている。

「あ、ああ……バイオショッキングね……。なるほど……」

「うん、最近シリーズ三作まとめて全部クリアしたとこ」

「良いゲームだよね……台詞を使ったストーリー上の仕掛けが秀逸で……」

「うんうん、ストーリーもだけど地底都市のあの不気味だけどどこか神秘的でレトロな雰囲気がすっごい良かったなあ。ゲーム部分もスキルのカスタマイズ性が豊富で、戦闘に工夫の余地が多くて――」

まるでオタクのように、しっかりと理解した作品の内容を早口で語る朝日さん。

俺を謀るために、事前に仕込んだ適当なタイトルを挙げたわけではなさそうだ。

まさか本当に、ただ俺とゲーム談議がしたくて声をかけてきたのか……？

確かに今やゲームはサブカルチャーを超えて、メインカルチャーの一つ。

ゲーム配信者はまるでアイドルのような人気を持ち、テレビでは芸能人がゲームをする番組もある。

朝日さんみたいな陽キャがゲーマーでも、おかしくはないのかもしれない。

なんなら俺が知らないだけで、クラスの女子も三人に一人ぐらいはビッグパピーとノーチラスの区別が付くのかもしれない。

「で、ここからが本題なんだけど……影山くんって、ゲームいっぱい持ってるよね？」

「まあ……現行の主要ハードは大体揃《そろ》ってるけど……」

「じゃあ……もしかして、ハイスペックなゲーミングＰＣも持ってたりする？」

「そりゃあ、もちろん……」

「ほんとに⁉　グラボは⁉　グラボは何積んでるの⁉」

「ぐ、グラボ⁉」

これまでで一番興奮気味に尋ねられて驚く。

グラボ、つまりはグラフィックボード。

パソコン上でゲームを動かすために、最も重要なパーツの一つである。

この女はそれが何か分かってて聞いてんのか？

スタバの新商品じゃねーぞ？

「うん、グラボ！　グラフィックボードね！　あっ、でも厳密にはＧＰＵって言った方がいいのかな？」

わ、分かってるのかよ……。

だったら、聞いて恐れ慄くがいい。

「GPUは4070……」

「よ、よんせんななじゅう⁉　ふわぁ～……」

「T・i《ティーアイ》」

「ふわぁああ～……‼　すっご～……‼」

一般的な女子高生がインスタ映え120％のパンケーキを前にした時のように、恍惚の表情を浮かべている。

それは世にも珍しい、GPUの型番を聞いて興奮する女子高生の実在を意味していた。

「さ、最新の大作が最高画質＋レイトレーシングONでヌルヌルに動いちゃうの⁉」

「まあ……そのためにバイト代とか諸々を貯《た》めに貯めて買ったわけだし……」

「すご～い……いいなぁ……」

冗談でもなんでもなく、心の底から羨《うらや》ましがっているのが分かる反応。

高校の入学祝いを我慢し、毎月の小遣《こづか》いとバイト代を貯めて、マイニング需要による悪い時期を乗り越えて、遂に手にした五年は戦えるハイスペックゲーミングPC。

ゲーム仲間以外でその価値を初めて理解してくれたのが、あの朝日光だという事実。

あまりの現実感のなさに夢かと疑うが、彼女は更なる追い打ちをかけてきた。

「じゃあさじゃあさ！　今度、遊びに行っていい⁉　ていうか、今週末‼」

「遊びに……って、俺ん家《ち》に⁉」

「うんうん！　影山くん家に！　いいよね⁉」

行きたい行きたい行ってみたい。

まるでボール遊びをしてほしそうな犬みたいに、純朴な瞳《ひとみ》で訴えかけてくる。

「いや、それは流石《さすが》に……」

「そこをなんとか！　お願い！　クラスメイトのよしみで！」

その煌《きら》めく眼差しは、陰キャの俺にとって紛れもなく弱点となる光属性の攻撃。

とはいえ、流石にこれは簡単に承知できない。

「でも俺、一人暮らしなんだけど……」

なんせ俺は今、高校生なのに一人暮らし《ギャルゲー主人公状態》をしている。

そこに女子を連れ込むのは、かなり不健全な意味合いを持つ。

しかもただの女子ではなく、学内外で絶大な人気を誇り、スクールカーストの頂点に立つ女子だ。

万が一にでもそれを他の誰かに知られれば、学校を巻き込む大事に発展しかねない。

「えっ⁉　そうなの⁉」

「そう、だから――」

『だったら、ちょっと遅くまでお邪魔しても大丈夫ってことだよね⁉」

そ、そうくるのかぁ……。

陽キャ特有の超アグレッシブな解釈に慄く。

もう完全に来る気でいるが、やはりそう簡単に首を縦には振れない。

女子を連れ込む予定が一切《いっさい》なかった男子高校生の一人暮らし。

当然、部屋は散らかっているし、俺の尊厳に関《かか》わるブツも存在している。

どうにかして断るか、せめて先送りにしなければと考えていると――

「あっ、そっか……ここは……」

彼女が何かを閃《ひらめ》いたように手を叩く。

「恐縮だが、今週末は君の家に遊びに行ってもいいか？　だよね？」

そう言って悪戯《いたずら》な笑みを浮かべる朝日さん。

「それ言われたら断れないやつじゃん……」

ゲーマーとして一枚上手を行かれた以上、白旗を揚げるしかなかった。

＊＊＊

「……よしっ！　こんなもんでいいだろ」

（自分比で）綺麗《きれい》になった部屋を見て、満足気に頷く。

光属性ボスの朝日光と、バス車内でエンカウントしたのが二日前。

そうして今日、遂に約束《たたかい》の日を迎えてしまった。

額の汗を拭い、スマホでメッセージアプリ『ＰＩＮＥ』を立ち上げる。

『お昼食べてから十三時頃に行くね！』

表示されたメッセージの送信元は『朝日光』。

両親と従姉、後は僅かな友人とゲームの公式アカウントしかいなかった友達一覧に、今はテニスウェアを着た美少女のアイコンが燦然と輝いている。

「まじで来るんだよな……あの朝日光が、俺ん家《ち》に……」

やっぱり夢じゃないかと何度も思っては、同じメッセージを見て現実だと知る。

時計は既に十二時五十分を指し示していた。

レイドボスの到来まであと十分。

いや、早ければ今この瞬間に到着してもおかしくない。

――ピンポーン。

とか思ってたら本当に来た‼

緊張に、まるでハードＣＣ《行動阻害効果》を食らったように身体が硬直する。

と、とりあえず一旦《いったん》深呼吸して落ち着こう。

呼び鈴は鳴ったが、すぐには開けない。

すぐに開けたらまるで、来るのを待ち望んでいたかのように思われるかもしれない。

ここは、タクティカルシューターでフェイク解除読みをするように一度待って……。

――ピンポーン。

よし、今だ!!

二度目の呼び鈴が鳴った瞬間に入り口へと向かう。

第一声は何を言うべきか。

いや、あまり深く考えるな。

普通だ。

普通に、『女子を家に招くなんてよくあることだけど?』的な感じで対応しよう。

脳内シミュレーションを終わらせ、ドアノブを回して開くと――

「ちゃーっす。Ａｍｏｚｏｎさんからお届け物やでー」

ダンボールを持って立つ配達員の姿があった。

「あっ、ども……」

「ここやで、トントン（ハンコ押すとこを指で叩きながら）」

「ういっす……いつもご苦労さまです」

「こちらこそおおきに！　ほなまた！」

ハンコを押してダンボールを受け取ると、配達員は足早に去っていった。

「なるほどな」

独り言ちながら荷物をテーブルの上に置き、椅子《いす》に座る。

……死ぬほど恥《ご》ずかしい。

わざわざ呼び鈴が二回鳴るのを待って、脳内シミュレーションまでしといて。

「何はしゃいでんだ、俺は……」

自分が完全に『待ちわびてる奴《やつ》』になっているのに気づいて、輪をかけて恥ずかしくなる。

「そういや何を注文してたんだっけ……」

浮ついた気分を少しでも抑えようと、届いた荷物に手をかけた時だった。

――ピンポーン。

再び、呼び鈴が室内に響き渡る。

「あー……はいはい、今開けますよー……」

もうあれこれと考えるのも面倒だと、思考を放棄した状態で扉を開けると――

「やっほー！　来たよー！」

今度は、満面の笑みを浮かべる朝日さんがそこに立っていた。

十三時に来ると言ったのだから当然、居てもおかしくはない。

おかしくはないはずなのに……。

私服の朝日光が、自分の前にいる状況を呑み込むのに時間がかかる。

「んー……もしかして、まだ片付いてなかったりする感じ？　手伝おっか？」

「大丈夫！　ちゃんと片付いてるから！」

「ほんとにぃ……？　見られちゃいけないものとか片付け忘れてたりしてない？」

「ない！　そんなものは元から一切ないから！」

ニヤリと悪戯な笑みを浮かべる彼女に慌てて弁解する。

「じゃあ、入ってもいい？」

「も、もちろん……」

扉を押さえたまま、少し横に退いて彼女を室内に迎え入れる。

私服を纏《まと》い、紛《まぎ》れもなくプライベートの朝日光。

快活な印象通りのカジュアルな服装。

女性のファッション事情なんて流体物理学よりも分からないが、すこぶる似合っているのだけは分かった。

「おじゃましまーす！　おおっ！　男の子の一人暮らしって感じだー！」

大した躊躇《ちゅうちょ》もなく、敷居を越えて部屋へと入ってくる朝日さん。

陰キャの俺的には重大な出来事も、陽キャ的には普通のことなんだろう。

きっと男の部屋なんて、週三くらいのペースで訪れているに違いない。

なんなら自宅にいても出前で注文している可能性まである。

平常心……平常心……。

俺ばかりが意識しすぎて、変に思われないように……。

「そういえば私、男の子の部屋に入るのって何気に初めてかも」

「は、初めて……⁉」

突然ぶっこまれた事実に声が上ずる。

そんな最強アイテムを、俺の部屋で消費すんの⁉

マスターボールを使う相手間違えてますよ⁉

「うん。あっ、でもお兄ちゃんの部屋を含めたら厳密には初めてじゃないかも」

「へ、へぇ……お兄さんがいるんだ……」

「いるよー。三つ年上で、今大学二年生の。ゲームも元々お兄ちゃんのだったから、今月から一人暮らしするるって全部持っていかれちゃったんだよねー」

「ああ、それで……」

少ないやり取りで、いくつかの謎《なぞ》は解けた。

しかし、そのためだけに碌《ろく》に話したこともないクラスメイト……しかも一人暮らしの男子の家にレイドしてくるとは……。

思っていたよりもレベルの高いゲーマーなのかもしれない。

「それじゃ……狭い部屋だけど、どうぞ好きに掛けてもらえれば……」

「うん、それじゃあお言葉に甘えて……よいしょっと」

なんで初めて入った男の部屋でいきなりベッドに座る⁉

何の躊躇もなく、俺のベッドに腰掛けた彼女に慄く。

こ、これもリア充界隈では普通のことなのか……？

ナチュラルボーン陰キャマインドで、俺が意識しすぎているだけなのか……？

確かに好きにどうぞと言われても、ＰＣデスクの前にあるゲーミングチェアには座りづらいのは分かる。

しかし、それでも普通は座布団の置いてあるところに座るだろ……。

いや、待てよ……。

うちのテレビ台は、ゲーミングチェアに合わせて少し高めのものを設置してある。

つまり、床に座ると若干見上げる形になって微妙に画面が見づらい。

一方で、ベッドに座れば高さも距離もちょうど良い塩梅《あんばい》になる。

つまり彼女は部屋に入るや否や、ゲームをプレイするのにベストな場所を導き出したんだ。

恐るべし、朝日光……。

「ほんとにゲームいっぱいあるね～……」

慄然《りつぜん》としている俺の心情など知る由もなく、彼女はテレビの下に並べてあるハードを見てうっとりとしている。

「一応、現行の主要ハードは全部揃えてるから」

「いいなぁ……うちにも全部あったのにぃ……。お兄ちゃんがぁ……」

「じゃあ、今日は心ゆくまで楽しんでくれれば……」

「いいの⁉」

「まあ、せっかく来てくれたわけだし……」

「わ～い！　じゃあ、どれにしよっかな～」

棚に並んだソフトを食い入るように眺めている朝日さん。

「まだやったことないのがいっぱいあるな～……悩む～……」

その姿はまるで、普通の女子高生がトングを片手にショーケースに並んだドーナツを吟味しているようだ。

「そこに並んでるの以外にも、デジタル版で買ったやつがこっちにもあるけど」

テレビにPC内のライブラリ画面を表示させると、彼女は更に険しい表情を浮かべた。

「え～……こんなに増えたらますます悩むな～……どれにしようかな～……」

ダウンロード版も含めれば俺の弾数は三倍以上になる。

果たして、朝日光はその中からどのタイトルを選ぶのか。

まさか俺に試されているとも知らずに、のうのうと悩んでやがる。

しかし、ここで軟弱なカジュアルゲーを選ぶなら残念ながら失格だ。

「あっ！　これ！　これにする！」

そんな俺の想《おも》いに呼応するように、彼女はライブラリの中にある一つのタイトルを示した。

『SEKIHYO《セキヒョ》：SHODOWS《ショドウズ》　DYE《ダイ》　TWICE《トゥワイス》』

いわゆる「死にゲー」と呼ばれるハードコアなアクションゲームだった。

＊＊＊

SEKIHYO――隻豹《せきひょう》、こと忍者と侍のハイブリッドのような激渋オジを操作する戦国剣戟《けんげき》アクション。

いわゆる死にゲーに属するゲームだが、制作会社がそれまでに作ってきた同ジャンルのゲームと比べて軽快な動作が大きな売りとなっている。

特にHPゲージではなく『体幹』を崩すことで敵を倒すシステムは革命的で、実際に刀を持って戦うような剣戟戦闘の緊張感をプレイヤーにもたらした。

その事実を知ってか知らずか、朝日さんは笑顔でタイトルを指差している。

「……それ、かなり難しいけど大丈夫？」

親切心から忠告を試みる。

死にゲーというやつはその言葉の通り、とにかくプレイヤーを殺しにくる。

ザコ敵ですら高い殺意を持ち、複数体に囲まれれば序盤からあっさり死ぬことも多い。

特にボスともなれば初見で倒すのは至難の業。

打開するには数十回を超えて、時には三桁《けた》の挑戦回数が必要になることもある。

しかも問題なのはそれだけマゾいにもかかわらず、非常に中毒性が高く、途中でやめようとは思わないところ。

ボスに負ける度に、もう一回もう一回とリトライし続けて、気がつけば日が昇っていたなんてことはざらにある。

そこで勝てずに一旦やめてしまえば、学校や職場でもボス戦のこと以外は何も考えられなくなる。

頭の中では常に敵の攻撃を弾《はじ》くリズムが刻まれ続けるし、無防備に背中を向けて歩いている人を見かけると忍殺したくなる、などなど……。

日常生活に支障が出たという報告も多々されているハードコアなゲームだ。

「うん、知ってる。同じ会社のシリーズは結構やったんだけど、これはまだだったからちょうどやりたいと思ってたんだよね」

「へ、へぇ……他のはやってんだ……」

「うん、ダメンズソールに……大工ソールも全部やったかな。だから全然大丈夫！　むしろ結構得意なジャンルかも！」

「それなら、まあ……どうぞご自由に……」

ＰＣの方でゲームを起動させて、コントローラーを手渡す。

「よーし！　それじゃあやるぞー！　目指すは一回も死なずにクリア！」

「それは流石にきついんじゃないかな……」

隣で冷静にツッコミを入れながら、彼女のプレイを見守る。

画面の中ではまず、オープニングムービーが流れている。

開幕からいきなり戦国時代の血なまぐさい侍同士の殺し合いが繰り広げられる。

普通の女子高生ならここで、『うわ！　きも！　けだ森やろ！』となるところだが――

「おお……！　和風だあ……!!　めっちゃ渋くて、この時点でもう最高～！」

彼女はその名を体現するように目を輝かせている。

コントローラーの持ち方さえも、どことなく堂に入っているように見えてきた。

「あっ、動かせる！　さあやるぞー！」

そうしてオープニングを終え、いよいよプレイヤーの操作する場面になる。

さて、お手並み拝見といかせてもらおうか……。

上段から見物客の気分でゲーミングチェアに腰掛ける。

死にゲーの楽しみ方は大きく分けて三つある。

一つは、右も左も分からない状態で苦難へと挑む初見プレイ。

次に、自らの腕前の向上を実感しながら作中世界の隅から隅までを味わうやり込み周回プレイ。

そして最後は、そのゲームの全てを理解した状態で、他人の初見プレイを上段から眺める腕組み愉悦プレイ。

今日はその三つ目を、特等席から楽しませてもらおう。

「ふむふむ……ソール系よりもキビキビ動くね」

チュートリアルの指示に従って、序盤の物語をスムーズに進めていく朝日さん。

確かにある程度の心得はあるようだが、果たしてその余裕がどこまで続くかな？

「体幹ゲージを溜めて……なるほど〜！　防御が攻撃にもなってるんだ！　わ〜！　気持ちい〜！」

ゲームの基本システムもすぐに摑《つか》んで、道すがらのザコ敵をサクッと倒していく。

「防御が攻撃になるっていうと他のシリーズにもパリィがあったけど、これは基本システムに組み込まれてるのがすごく斬新だねー。本当にチャンバラしてるみたいでたのしー。これ考えた人、天才すぎない？」

相変わらず、ゲームのことになると若干早口になっている。

しかし、早ければもう何回かは死ぬと予想してたけど、意外にやる。

俺の思惑に反して、瞬く間に最初のボス戦へとたどり着いた。

秋名源三郎《あきなげんざぶろう》――通称『ゲンさん』。

どこかの大工みたいな名前をしているが、最初に戦うボスとしては破格の強さを持つ。

向こうの攻撃は一撃で自キャラの体力を大きく削り、逆にこちらの攻撃は微々たるダメージしか与えられない。

しかもこの時点では有効な技もなく、回復アイテムも少ないと、勝つのは至難の業。

「はっ！　ほっ！　跳んで……攻撃！　ちょっと慣れてきたかも」

キャラクターの動作に合わせて、掛け声を上げている朝日さん。

……なんか、めちゃくちゃ上手《うま》くね？

画面の中で彼女の操作するキャラがボスの攻撃を弾き、隙を突いてはダメージを与えている。

実はこのボス、本来なら倒す必要のない負けイベントの一種。

なので普通の初見プレイならほとんど何もできずに負けるはず、なんだけど……。

「ん～……かったいなぁこの人……。いきなり体力が2ゲージあるってどういうことー……？」

善戦を通り越して、かなり押している。

もしかして、実は既プレイなのを隠している……？

だとしたら一体何のために？

初見プレイを愉悦しようとした俺にマウンティングし返すため？

いやいや、流石にそんなことをするような性格の人じゃないだろう。

じゃあ、どうしてこんなに上手いんだと再び考えたところで、あることを思い出した。

彼女は単なるリア充ではなく、ガチガチのフィジカルエリートでもある事実を。

テニスの全国大会で優勝したとか、ジュニアの国内ランキングで何位だとか。

直接の交流はなくても、彼女の名声は海底に潜む俺のところまで届いてきていた。

そして、テニスといえば手のひら大のボールが百キロを超える速度で行き交うスポーツ。

つまり、死に覚えゲーを動体視力と反射神経のゴリ押しで攻略している……!?

その事実に慄く俺の前で、ゲンさんは彼女の手によって沈んだ。

「やったー！　勝ったー！」

戦慄《せんりつ》している俺を他所《よそ》に、朝日さんは無邪気に勝利を喜んでいる。

しかし、喜びのあまりに彼女が両手を高く上げた瞬間だった。

勢いのままに着ている服が持ち上がり、俺の視界に素肌の腹部がガッツリと晒《さら》された。

引き締まったウエストに、適度な脂肪がのった理想的なアスリート体型。

可愛《かわい》い女子って、ちゃんとヘソの形も可愛いんだな。

ほんの一秒もない僅かな時間だったが、それは回避し損ねた危険攻撃並みの衝撃だった。

「ねえねえ！　見てた⁉　私、すごくない⁉」

思わぬ出来事に呆然《ぼうぜん》としていると、朝日さんが振り返って話しかけてきた。

その顔には、教室で皆の中心にいる時と変わらない満面の笑みが浮かんでいる。

「見て……いや、見てない！　俺は何も見てない！」

ＳＥＫＩＨＹＯ風に、ゲージが三本くらいはありそうな体幹だったなとか考えてない。

「ええー！　なんで見てないのー⁉」

「な、なんでって……普通はあんまりまじまじと見るもんじゃないだろ……」

「いやいや、むしろ私はもっとじっくりと見てほしいくらいなんだけど」

「まじで……⁉」

「もちろん……って、勝ったのに腕切られちゃったんだけど！　なんでー⁉　それは卑怯《ひきょう》だよー！」

それがゲームの話だと思い出したのは、画面の中で主人公が俺と同じく飛び道具による不意打ちを受けたのと同じタイミングだった。

『卑怯とは言うまいな』

いや、あれは卑怯だろ……と真《ま》っ赤《か》な顔を隠しながら心の中で呟いた。

その後も、彼女は順調に物語を進めていった。

時折ピンチに陥《おちい》りながらも、持ち前の人間性能の高さを活かして打開する。

もはや彼女の快進撃を止められるものはないいんじゃないか、と思い始めた時――

『ヒョオオオオオオオッッ‼』

天守の屋根上を歩いていた主人公に、前触れもなく空から飛来してきた敵が体当たりした。八割ほど残っていた体力ゲージが一瞬で空になり、画面に『死』の一文字が表示される。

「えっ……ええええぇー⁉」

空から飛来した突然の初見殺しに大いに狼狽《うろた》える朝日さん。

そんな彼女を見て、俺は――

「ぷっ……あっはっはっは‼」

堪えきれず、声を上げて笑ってしまった。

「何、今の⁉　変なのが空から飛んできて一発で死んじゃったんだけど！」

「あれは、結構みんな引っ掛かる初見殺しだから。こ、こんな綺麗に死んだ人はそう見ないけど……くくっ……」

笑いを堪えながら何とか解説する。

「え〜……せっかく死なずにここまで来られたのにぃ……」

「いやいや、これでも十分すごいって」

「でも、悔しいものは悔しいしぃ……ん〜……もう一回！」

彼女は不満そうに手元のボタンを押してリトライする。

それからも全く死なずに……とは流石にいかなかったが、初見プレイとは思えない凄腕によって彼女は順調に物語を進めていった。

一方の俺は、心からゲームを楽しんでいる彼女に当初の目論見も忘れて見入ってしまっていた。

その豊かな感情を隠さずに遊ぶ彼女を横で見ているのは、まるで質の高い実況プレイを独り占めしているような気分だった。

気がつけば、自然と笑い、自然と会話するようにもなっていた。

しかし、そんな彼女の快進撃を遂に止めるものが訪れた。

「あっ、もうこんな時間だ……」

テレビの上に掛けられた時計を見て、朝日さんが名残惜《なごり》しそうに言う。

時計の針はちょうど十八時半を示していた。

「ん～……いいところなんだけどなぁ……」

と言いながら、手元ではコントローラーを操作し続けている。

優れた腕前で物語はかなり順調に進められたが、クリアにはまだ遠い状況。

俺なら十分後に授業が始まるとしても、ここでやめるならサボるのを選ぶ。

しかし、優等生の彼女は当然そこまでの選択肢を選ばなかった。

「でも、仕方ないか……今日はここで終わろっと」

ゲームが終了され、コントローラーが机の上へと置かれる。

「あ～、楽しかった～！　でも、なんかごめんね。私だけずっと遊んでて」

「いや全然そんなこと……俺も良いものを見せてもらったっていうか……普通に楽しかったし……」

申し訳なさそうに言う朝日さんに、本心で答える。

最初は初見プレイで死にまくるのを見て楽しむはずだった。

しかし、気がつけばそんな目論見は記憶の彼方に消え去り、普通にこの状況を楽しんでいた。

「だったらまた来てもいい？」

「またって……ここに？」

「うん！　せっかくだし、今度は二人でできるゲームとかもやりたくない？」

キラキラと輝く、屈託《くったく》のない笑みを浮かべる光属性の誘い。

可愛い女子と肩を並べてゲーム。

ゲーマーならきっと一度は妄想したことのある甘美なシチュエーション。

ここで首を縦に振れば、それが実現する状況にもかかわらず――

「ま、まあ……機会があれば……」

そこで尚も曖昧な返答しかできないのが、陰キャの陰キャたる所以《ゆえん》。

「それはいいよってこと？」

「ぶ、部分的には……」

戸惑いすぎて、思い浮かべている人物を的中させるランプの魔人みたいな言葉しか出てこない。

「なら次はいつにしよっか？　あっ、でも影山くんってバイトしてるんだっけ？　だとしたら今から予定を合わせるのは結構難しい感じ？」

「いや、バイトは基本的に平日の放課後で土曜は休みだけど……」

「じゃあ、来週の土曜日は？」

「今のところ特に予定はないけど……」

「なら次は来週の土曜日で決まりね！」

「……なるほど」

凄《すさ》まじい押しの強さで、あっという間に寄り切られた。

まるで死にゲーの初見ボスに、訳の分からん攻撃で即死させられたような心地になる。

そうして予期せぬ次の約束に戸惑いながら、玄関まで彼女を見送った。

「それじゃ、また来週……じゃなくて月曜日に学校で！」

「じゃあ、また」

きっと、今日一日だけで終わるであろうと思っていた分不相応な交流。

それがまだ続く、『また』という言葉を自ら口にしたことに不思議な感覚を覚える。

「じゃ〜ね〜！」

大きく手を振る彼女が廊下の端に達して階段を降りたのを見届け、部屋へと戻る。

俺一人になり、普段通りになったはずの部屋は何故《なぜ》か妙に暗く感じられた。

椅子に座り、PCのスリープ状態を解除すると、ゲーマー用コミュニケーションアプリ『Thiscord《ディスコード》』に通知が来ていた。

タスクバーで光っているアイコンをクリックすると、メッセージが表示される。

『おーい、いるかー？』

送り主は約一年前に知り合ったゲーム仲間の『B・F・樹木《じゅもく》』。

ゲームの趣味などが合うことから親しくなり、今でもよくマルチプレイなどを一緒にやっている人だ。

『ちょうど今起動したところですけど、何か用ですか？』

メッセージを送り返すと、すぐに相手が入力中の文言が表示される。

『土曜なのにこの時間までいなかったとか珍しいな』

『ちょっと来客があって対応してました』

『お前に来客とか輪をかけて珍しい』

『いや、俺にも来客くらいはありますって……』

知っているのは性別くらいで、所在地も分からない。

なんとなく年上っぽいので敬語は使っているが、年齢も知らない。

ただゲームという共通の趣味でのみ繋《つな》がっている関係だからこその風通しの良さに、ようやく本来の日常が戻ってきた感覚を覚える。

『まあなんでもいいけど。本題はランクマ行こうぜって話だ』

『いいですけど、引っ越しはもう一段落したんですか？』

『おう、口うるさい妹がいない間にＰＣもハードも全部引き上げてきた』

『樹木さん、妹いたんですね』

『可愛げのないのが一人な。まじでお前は俺のオカンかよ、ってくらい口うるせーの。だから、妹に幻想を抱いてる世の中の連中に現実を教えてやるのが俺の役目だと思ってる』

『それこそどうでもいいんで、やるならさっさとやりませんか？』

長いやり取りの最後にそう送ると、メッセージの代わりにパーティ招待の通知が飛んできた。

『しゃー！　やるかー！』

『また俺がサポですか？』

『ったりめぇだろ！　俺らのコンビネーションを見せてやろうぜ！』

『ならすぐに１ｖｓ９のスタンドプレイに走るのはやめてくださいよ、まじで……』

ぼやきながら自分のロールを選択して、マッチング開始ボタンを押す。

一分も経たない内にマッチングが完了し、ロード画面に入る。

その僅かな待ち時間に、ふとベッドの方を見る。

ほんの少し前までそこに彼女が座っていたのが、今ではまるで夢だったように思えた。

第2話　二人プレイ

あの日から二日が経ち、この世で最も憂鬱《ゆううつ》な月曜日を迎えていた。

ああ、早く帰ってゲームしてぇ……。

窓際の最後列の自席でそう思うこと本日二十回目。

時刻はまだ十二時になったばかりで、四時間目の数学の真っ最中。

教壇では初老の教師が、虚数だの複素数だのと不可解な言葉を述べている。

ここからまだ三時間以上も、この拷問紛《まが》いの時間が続くと考えるだけでしんどい。

現実から逃避するように、最後列から教室を見渡す。

授業態度と黒板からの距離は概ね比例しているなー……なんて考えながら視線を巡らしていると、最前列の席に座る朝日《あさひ》さんの後ろ姿が目に入った。

ゲームと同じくらいの真剣さで、板書された内容を熱心にノートに書き写している。

俺とは位置も熱意も、何もかもが対照的。

あれから二日が経ち、今では彼女が俺の部屋でゲームをしていたのは夢だったんじゃないかとさえ思えてきた。

普段にも増して授業に集中できないまま、四時間目が終わる。

昼休みが始まるのと同時に、授業中の静けさから一転して教室内が賑わい出す。

「絢火《あやか》～！　お昼食べよ～！」

「いいけど……私、今日お弁当じゃなくて学食だから」

「じゃあ、学食で一緒に食べよ！　あっ、確か今日の日替わり定食ってエビフライだったよね！　私のオカズと交換しよ！」

「なんで私が日替わり定食を頼むこと前提なの……？」

まだ鐘も鳴《な》り止《や》まない中、真っ先に朝日さんがクラス委員の日野《ひの》絢火を昼食へと誘っている。

黒髪ロングで眼鏡をかけた如何にも優等生然《ぜん》とした容姿で、間違ったことを言うなら教師にさえ食ってかかるような苛烈な火属性の性格。

朝日さんとは性格的には対照的だけれど、それが逆にハマっているのか二人は小学校の頃からの親友らしく、昼休みには毎日見る光景だ。

そこに他の一軍女子も合流し、まるで姫とその親衛隊のようなグループができ上がる。

当然、俺がそこに誘われることはない。

一軍男子が率いる男女混合グループ、部活繋《つな》がりの仲良しグループ……。

まるで学内での序列がそのまま行動順であるかのように、クラスメイトたちは次々と分かれていく。

そうして皆の動静が概《おおむ》ね決まったところで、ようやく俺の行動順が回ってきた。

鞄《かばん》の中から通学途中で買っておいたビニール袋を取り出し、静かに教室を出る。

渡り廊下を通って、本校舎から隣の別棟へと移動する。

そのまま今度は階段を登り、三階の廊下を歩いて多目的室Bに入り……

「うーっす……」

あまり使われず、雑多に並べられた座席に座っている先客へと挨拶《あいさつ》する。

「よっ」

「やあ」

スマホを片手に弁当を食べている二人が、同じように味気のない挨拶を返してくれる。

風間颯斗《かざまはやと》と金田悠真《かねだゆうま》。

一年の頃からの数少ない友人……と呼べば聞こえは良いが、実態は他のグループには馴染めなかった余り物陰キャ仲間。

わざわざこうして人目に触れない場所で昼食を取っていることからも、その立場は察してほしい。

自分も適当な席に座って、袋から買ってきたサンドイッチを取り出して食す。

毎日こうしてなんとなく一緒に食べているが、いつも会話が弾むわけではない。

遠くから見れば三人ともまとめて陰キャでも、寄って見れば各々全くの別個体。

颯斗がスマホで動画を見ている隣で、悠真はソシャゲのガチャに一喜一憂している。

その向かいで俺はおもむろに、携帯ゲーム機型ゲーミングPC『Ｓｔｒｅａｍｄｏｃｋ《ストリームドック》』を取り出した。

さて、今日は何をやろうか。

悪夢のような授業が再開するまでの五十分。

陰りある学園生活で、唯一の至福の時間を過ごそうとしていた俺に——

「学校にそんなもん持ってきてる高校生って、全国でお前くらいじゃね？」

颯斗が醒《さ》めた口調でツッコミを入れてきた。

「そんなもんって言うなよ。それに、俺以外にも四、五人くらいはいるだろ……多分」

「いても四、五人かよ……」

「ちなみに今日のゲームは……『Ｐａｃｈｉｌｉｎ《パチリン》』だ！」

中身の入った弁当箱くらい重たいゲーム機の画面を、片手で持って二人に見せつける。

Ｐａｃｈｉｌｉｎは、ＳｔＳ系ローグライクとパチンコを足して割ったような内容のゲーム。

１プレイが短く、昼休みという限られた時間に遊ぶにはちょうど良いタイトルだ。

「聞いたことねぇ〜……」

「可愛い女の子いなくない？」

いつも通り、興味のなさそうな冷たい反応が二人から返ってくる。

「ったく、お前らはいつもそれだな……見ろよ、これを！　絶妙につぶらな瞳をしたゴブリンが転がした玉で、パチンコして敵を倒すんだぞ⁉　たまんないだろ⁉」

「いや、全然。自分でやるより他人が配信してるのを見てる方が楽でいいわ」

「僕は可愛い女の子が出てないとやる気にならないからなあ」

なんて素晴らしく友達甲斐のある二人だ。

そんな連中と各々が好きなことをしながら、たまに数言だけ交わす濃密な時間が続く。

そうして昼休みの残りが十分程になり、そろそろ教室に戻ろうかというところで――

「あー……俺も彼女欲しー……」

机に突っ伏した颯斗が、いつにも増して悲痛な声でそう言った。

「いきなりどうした？　春の陽気にやられたか？」

「昨日、うちのクラスの小宮《こみや》がA組の藤本《ふじもと》さんと腕組んで歩いてるのを見たんだよ……」

「藤本さんって……陸上部の？」

俺は知らない名前だったが、悠真は知っていたのかスマホから視線を外して食いつく。

「そう、長距離専門の美脚で有名なあの藤本さんだ」

「よく違うクラスの女子の情報なんて知ってるな」

「同学年の可愛い女子は全員チェック済みだからな」

それはなかなか気持ち悪いな……と心の中で思うだけで留めた。

「二人で、すっげー仲良さそうに歩いてんの……これぞ青春って感じでよ……」

「小宮くんもかっこいいから並んでると絵になりそうだね」

「そんな青春を満喫してる二人がいる一方で……俺はコンビニで買った唐揚げを片手に、もう片手ではスマホでショート動画……」

「歩きスマホは普通に危ないからやめとけよ」

俺の冷静なツッコミはスルーされ、その慟哭《どうこく》はまだ続く。

「それがもう惨めで、悲しくて……どうして俺はあんな青春を過ごせずに、こんなところで男三人むさ苦しく昼飯を食ってるんだろうって……」

「でも、これはこれで楽しくない？　気兼ねなく過ごせるし、僕は好きかな」

「うっせぇ!!　俺は高校三年間の思い出が、多目的室で男とダべってただけなんて絶対にごめんだ!!」

「で？　結局、何が言いたいんだよ。そろそろ教室に戻らないと授業始まるぞ」

机が両手でバンと叩かれ、演技がかった所作で颯斗が立ち上がる。

「夏休みまでに俺も彼女を作る!!」

そして、俺たちには高すぎる目標が高らかに宣言された。

「そうか、頑張れよ。応援してるから」

風間議員の所信表明を適当に聞き流しながら、食べ終えたゴミを片付けていく。

「そもそも一年の間に女子と全く交流できなかったのに、今更無理でしょ」

ニコニコと笑顔を浮かべながら、的確に急所を深くエグっている悠真。

これならまだ俺の心にもない応援の方が心優しい。

「う、うるせぇ！　そんなこと言ってお前らはどうなんだよ！　彼女欲しくねーのか⁉　欲しいだろ⁉」

「んー……欲しいか欲しくないかと言われれば欲しいけど、そこまで必死にならなくてもいいかなー。今は推し活で満足してるしね。ほら、見て見て」

そう言って、スマホの画面に映った完凸《かんとつ》SSRキャラを自慢気に見せてくる。

これ1キャラに何万だか何十万だか掛かっているらしい。

Steamなら一生遊べるだけのゲームが買える金額。

俺からすると信じられない価値観だが、人の趣味なのでとやかくは言わない。

「お前に聞いた俺が悪かった。黎也《れいや》はどうなんだよ？　彼女欲しくねーの？」

「同上。そこまで必死になるほどは欲しくない」

「けっ……そうかよ。まあお前には、あの美人で巨乳の従姉《いとこ》がいるもんなー。毎日、放課後にはあの人と二人で過ごしてんだろ？　そりゃそこらの女になんて興味持てねーよな」

「人聞きの悪い言い方するなよ……店の手伝いしてるだけだろ……」

平日の放課後はほぼ毎日、俺は従姉が経営する洋食屋の手伝いをしている。

そこに行ってみたいと懇願されて、前に一度だけ二人を招待してしまった。

それ以来、こうして度々会話のネタにされては連れて行ったのを後悔している。

「まあ冗談はおいといて……可愛い彼女と肩を並べてゲームしたいとか思わねーの？」

「肩を並べて、ねぇ……」

「そうだよ。ピンチの彼女を颯爽《さっそう》と助けて、キャー素敵ー！　抱いてー！　みたいな！」

「はぁ……お前はなんも分かってねーな」

小芝居を交えながら力説する颯斗に対して、呆《あき》れるように頭を抱える。

「何がだよ」

「いいか？　俺にとってゲームってのは抑圧された魂の解放……つまり、ゲームをやる時はな、誰にも邪魔されず、自由で……なんというか救われてなきゃダメなんだ。俺が如何にモテない陰キャオタクだとしても、そんな下心を丸出しで作品と向き合うのは失礼——」

……なんて偉そうに話した日から四日後の土曜日。

「パパ！　釘打って、釘!!」

「りょ、了解！」

俺は朝日さんと肩を並べて座り、コントローラーを握っていた。

彼女が俺を『パパ』と呼んでいるのは、特殊なプレイの一環ではない。

この状況は全て、彼女が先週の土曜日に言ったある一言に端を発している。

『せっかくだし、今度は二人でできるゲームとかもやりたくない？』

その言葉を受けて、俺は二人でできるゲームを探した。

面白く、盛り上がり、かつゲーマーとしての自負を満たせる作品。

頭も身体も捻《ひね》りに捻って考えた末に、俺はあるゲームの存在を思い出した。

『It Needs Two《イット・ニーズ・トゥ》』

著名なゲーム賞も受賞した二人プレイ専用のアクションアドベンチャーゲームである。

二人プレイ専用ゲームというのはつまり、二人でも遊べるソロゲーでもなく、ましてや三人や四人以上でも遊べる多人数マルチプレイゲームでもない。

文字通り、二人プレイ以外のモードが存在しない。

それがこの『It Needs Two』だ。

しばらく前に気になって購入したのは良いものの。

よく考えれば一緒に遊ぶ相手がおらず、ライブラリの底で埃《ほこり》を被っていた積みゲーの一つ。

朝日さんの言葉で、その存在を思い出して今日二人でやることになったのだが……

「ふむふむ……最初に操作するキャラクターを選ぶんだー」

タイトル画面から夫婦喧嘩《げんか》らしきムービーに続き、操作キャラの選択画面に入る。

「影山《かげやま》くんはどっちにする？」

「ど、どっちにするかな……」

画面には、先の夫婦の娘と思《おぼ》しき女児が手に持った二つの人形。

このどちらかを選んで操作するゲームらしいが、それらの見た目は娘の両親をモチーフにしている。

長年の経験によって、物語を通して冷え切った夫婦関係を修復していくゲームなのだと直感した。

きっと制作者は、実際の夫婦やパートナー同士でのプレイをまず想定している。

そうでないにしても同性の友人とワイワイやるゲーム。

恋人でもない異性とやるには、いささか重たいゲームを選んでしまったと頭を抱える。

「何が違うんだろうね？　見た目だけかな？」

「さ、さあ……どうなんだろ……」

男だからと夫を選べば、必然的に朝日さんは妻の方になる。

クラスメイトでしかない女子にそれを押し付けるのは、かなり生々しい。

うわ、こいつ……こんなゲーム選んで、私の旦那気取りかよ……。

とか内心で思われたりするんじゃないかと恐ろしくなる。

それに女性だからと妻役を押し付けるのは、昨今のジェンダーロール的な観点からしても問題があるかもしれない。

かといって、妻の方を敢えて選ぶのは変に意識してると思われそうだ。

俺の陰キャマインド的には、どちらを選んでも地獄オブ地獄。

せめてキャラクターごとの役割が明らかになっていれば、それを言い訳にできたのに……。

「じゃあ、私はこっちにしよーっと！」

なんて悩む俺を置いて、朝日さんはノータイムで妻のキャラを選択した。

「そ、そっちにすんの……？」

「うん、せっかくだし男女で合わせた方がよくない？　影山くんはパパの方で」

……何がせっかくなんだ？

俺が知らないだけで、陽キャ界隈《ティックトック》では擬似夫婦ごっこでも流行ってんのか？

「じゃあ、そういうことなら俺はこっちで……」

内心で激しく戸惑いつつも、表向きは平静を装ってキャラを選択する。

これでとりあえず、自分が選んだわけではないという言い訳はできた。

気を取り直して、画面上のムービーに意識を集中させる。

予想していた通りに、作中では主人公夫妻が離婚の事実を一人娘に告げている。

隣では、そんな娘に感情移入しているのか朝日さんはやや神妙な面持ちを浮かべていた。

そうしてオープニングが終わり、二人が人形の姿になったところでいよいよ操作パートが開始される。

「おー……結構機敏に動くね。操作してて気持ちいいかも」

スティック操作で、キャラクターをその場でグルグルと動かしている朝日さん。

俺もこれ以上余計なことを考えないように、淡々と探索を開始する。

「あっ、ここを押すと向こうが開くみたい」

「なるほどー、そっちのスイッチが押されてる間に私が先に行くんだ」

基本はジャンプアクションを用いたシンプルな3Dアクションゲーム。

二人で協力しながらギミックを解いて、ステージを先へと進んでいく内容のようだ。

「パパー！　こっちこっち！」

操作感もよく、面白さの面でハズレではなさそうだけれど……

「じゃあ、次はパパがこっち来て！」

……この女、わざとやってんのか？

自分が変に意識しないようにと思っているのに、向こうがその呼び方を定着させてきたことだけが想定外だった。

「グラフィックもすごい綺麗だねー。ほら、こんなところの汚れまで」

「うん、生活感があるっていうか……細部までめちゃくちゃ作り込まれてる」

しかし、それもゲームの世界へとのめり込んでいくにつれて少しずつ気にならなくなっていく。

息を呑《の》むような美麗なグラフィックに、次々と提供される新しいギミックによる手触りの良い遊び心地。

　ある時は3Dアクションであり、ある時は2D横スクロールになり、またある時はTPSシューターになる。

　まるでおもちゃ箱をひっくり返したかのように豊富なバリエーションのゲーム体験に、俺たちは時間も忘れて没頭した。

　そうして開始から数時間が経ち、小休止的なカットシーンが流れている最中――

「そういえば、影山くんのお父さんとお母さんって何してる人なの？」

　不意に、朝日さんがそんなことを尋ねてきた。

「うちの両親なら今は、インドにいるけど」

「インド!?　インドってあのカレーの本場のインド!?」

　珍しく、かなり驚いたような反応が返ってくる。

　両親がインドにいて、息子が一人暮らししているというギャルゲーでもなかなかない奇妙な設定。

　流石の朝日さんでも興味を惹《ひ》かれたらしい。

「そう、そのカレーの本場のインド」

「へぇ～……お仕事の関係で海外出張的な？」

「そう、父さんの勤めてる会社が向こうで新事業を展開するらしくて。そのプロジェクトの重要な役割を任されたとか」

「すご～。それでお母さんもついていって、影山くんだけ残って一人暮らしなんだ」

「まあ、そんな感じ。最初は父さんだけで単身赴任する予定だったけど。海外で一人なのは心配だからって、結局母さんもついていくことになって。今の内に慣れておけって、俺は一人暮らしに」

「はえ～……それは大変そうだねー」

「確かに大変なことも多いけど、夜更かししたり休みの日にダラダラしてても誰にも文句を言われないのは気楽だな」

「あはは！　それは確かにそうかも」

何かしら身に覚えがあったのか、朝日さんが声を上げて笑う。

「でも、すごく仲の良さそうなお父さんとお母さんで羨ましいなー」

「羨ましい？　うちの両親が？」

「うん、結婚して子供ができて、大きくなって……それでもずっとすごく仲の良い夫婦って憧《あこが》れない？」

「ど、どうだろ……仲が悪いよりは良いと思うけど……」

急に、自らの夫婦観について語り出した朝日さんに困惑する。

画面の中ではちょうど主人公夫妻が、離婚するに至った不仲の原因について話し合っていた。

もしかして、このゲームのストーリーに感化されてる……？

「私さ。おじいちゃんおばあちゃんになっても手を繋いで二人で買い物に行くみたいな人の話を聞くと、いつも素敵だなーって思うんだよね。影山くんのご両親は、まさにそんな感じじゃないの？」

「う～ん……とりあえず、アラフォーになっても腕を組んで買い物には行ってたな……」

まだ両親が日本で共に暮らしていた時の姿を思い出す。

買い物に行く時はいつも二人で、俺がいても構わずイチャつく。

正直息子としては結構きついものがあったが、それを理想的と見る人もいるらしい。

「それ、すっごくいいなぁ～……」

どこでもない虚空をぼーっと見上げながら呟く朝日さん。

どうやらお世辞を言っているわけではなく、本当にそんな夫婦に憧れているらしい。

学年一の人気者、カースト頂点の美少女、女子スポーツ界の次世代アイドル。

そういう表面上のレッテルではなく、初めて彼女の芯《しん》の部分に少し触れた気がした。

それが色々なものをすっ飛ばして、いきなり夫婦観というのは奇妙な話ではあるが……。

「……じゃあ、手始めにこの二人をそんな仲良し夫婦に戻してあげますか」

カットシーンが終わり、次のステージへと到達した自キャラたちを示して言う。

数拍の間の後、意味を理解した彼女がいつものように笑みを浮かべる。

「うん、そうだね。さーて、次はどんなステージかなー」

再びコントローラーを握りしめて、二人でゲームの世界へと舞い戻った。

謎解きの場面では二人で頭を抱えて悩み、ボス戦では声を出し合って協力する。

何の罪もない象のぬいぐるみを夫婦で協力して惨殺するシーンでは、揃ってドン引きした。

颯斗にああ言った手前、認めるのは少し癪《しゃく》だったけれど、誰かと二人で肩を並べてするゲームは確かに楽しかった。

＊＊＊

憂鬱がピークを過ぎ、もう少しで大型連休が始まる、と前向きな気分になれる金曜日。

俺たちは、相変わらず冴《さ》えない昼休みを過ごしていた。

「黎也くん、今日は何のゲームをやってるの？」

昼休みが半分を過ぎた頃、不意に悠真がそう尋ねてきた。

「今日は『バイオプロトポリス』だな」

「ふ〜ん……どんなゲーム……？」

言葉こそ興味ありそうにしているが、スマホを弄ってる中でなんとなく会話がしたい気分になっているだけで多分興味はない。

どれだけ力説しても、こいつらが俺の薦めたゲームをやったためしはない。

それでも一応、ゲーマーの性《さが》として説明を試みる。

「実験生物の脳味噌に色んな脊椎とか臓物を繋げて、怒濤《どとう》の勢いで迫ってくる敵をひたすらぶっ倒すゲームだ。操作キャラがどいつもこいつもクセのある造形で、文字通り脳味噌がグチャグチャにされるような体験を味わえる」

「へぇ～……それは気持ち悪いね～……」

案の定、興味がなさそうに受け流された。

それもいつものことなので、今更どうこうは思わない。

こうして昼休みに益体《やくたい》もない会話をするという行為そのものが、俺たちにとっては精いっぱいの青春だから。

「ちなみにモバイル版もあるぞ。値段はガチャ2回分よりも安い」

「ん～……可愛い女の子が出てこないならいいかな～……」

「もしかしたら、出てくる臓物が元は可愛い女の子の臓物だった可能性が……ほら、このピンクの心臓なんてまさに……」

「ん～……でも臓物はいいかな～……」

二人でそんな会話をダラダラと繰り広げていると――

「おい、お前ら……ちょっとこっち来いよ……面白いもんが見られるぞ……」

窓際で意味もなく黄昏《たそが》れていた颯斗が、小声で俺たちを手招きする。

「何だよ……校舎裏にレジェンダリー臓物でも落ちてるか？」

「なわけねーだろ……！　いいから見りゃ分かるって……」

促されるままに、悠真と二人で窓辺に近づく。

何かを食い入るように見ている颯斗の視線を追うと――

「あっ、あれって朝日さん……？」

普段はほとんど人通りのない別棟裏に、よく知る彼女の姿があった。

そして、彼女と向かい合うようにもう一人、知らない男子の姿も。

「もう一人は誰かな……」

「A組の杉谷《すぎたに》だ。野球部の」

悠真の疑問に颯斗が間髪を容れずに答える。

こいつ、謎に他のクラスのことをよく知ってるな。

いや、俺が知らなすぎるだけか……。

「へぇ～……でも、あれってもしかして……」

「ああ、告ってんな」

朝日さんと向かい合っている短髪の男子は、緊張した面持ちで彼女に何かを話している。

流石に会話の内容は聞こえてこないが、必死で自分の想いを伝えようとしているのはよく分かる。

しかし、このご時世に校舎裏に呼び出して告白とは、なかなか古風な男だ。

大型連休を前にして、絶対に彼女を作ってやるという強い意気込みを感じる。

一方の朝日さんはこの手の状況にも慣れているのか、その顔には特別変わった感情を浮かべていない。

ただ、黙々と彼の言葉に小さく相槌《あいづち》だけを打っている。

「さあ、どうなる……？　お前らはどっち持ちだ……？」

「やめとけよ……。趣味悪いな」

少しでも見てしまったことに、ばつが悪い気分を抱きながら元の席に戻る。

気にならないと言えば嘘《うそ》になるが、他人の一世一代の告白を茶化す気にはなれない。

「おーおー、影山くんは真面目《まじめ》なこった。俺は玉砕するのを見届けてやるけどな」

「あのステージに立てる時点で、仮に玉砕したとしても俺らより上等だろ」

スリープ状態を解除して、ゲームを再開する。

画面では俺の育てた脳味噌くんが、大量の弾を発射して敵をなぎ倒している。

「すっげー長尺で喋《しゃべ》ってんな……これはかなり本気っぽいぞ……」

「きっと寝ずに何回も練習したんだろうね。流石の朝日さんにもこれは効くんじゃない？」

「いやー……どうだろう。なんたって、あの朝日光《ひかる》だぞ？　告白なんて、俺らが女子と会話するのよりも日常の出来事だろ」

認め難《がた》いが、それは事実だ。

「確かに……僕、前に一日で三人捌《さば》いたって話も聞いたことある」

「俺は四人だって聞いたけどな」

二人がボソボソと話している声が気になって、ゲームに集中できない。

ちなみに俺は、一日に五人が最高記録だと聞いた記憶がある。

「あっ、ようやく告白のターンが終わったみたいだね。頭を下げて手を伸ばしてる」

「リアルであんなことやる奴、初めて見たわ……さあ、どうなる……!?」

「果たして、朝日さんの返事は…………………」

溜めに溜める悠真。

俺には関係がないはずなのに、何故か息が詰まる。

「あ～、ダメでした～……！」

肺の奥に溜まっていた空気の固まりが、その言葉を聞いて外にこぼれ出る。

「流れるようなごめんなさいからの、だったら友達からお願いしますの追撃も許さない即立ち去り。俺じゃなきゃ見逃しちゃうね」

「下手に希望を残さないようにって優しさでもあるんだろうけど……うわぁ……すっごい項垂《うなだ》れてる。きっと連休のデートの予定なんかも考えてたんだろうし、しばらく引きずるだろうねー」

「その見事な玉砕っぷりに、俺らだけでも健闘を称えてやろう。チーン……合掌」

「なむなむ……戒名《かいみょう》は玉砕院野球民杉谷《ぎょくさいいんやきゅうのたみすぎたに》居士《こじ》になります……」

こいつら……他人事だからってめちゃくちゃ言ってんな……。

「しかし、朝日光の牙城は未だ健在か……基本が全方位フレンドリーだから勘違いさせがちだけど、こと恋愛になると鉄壁も鉄壁だな」

「一体、どんな人があの難攻不落の無敵要塞を陥落させるんだろうね」

「さあな。少なくとも学内じゃ釣り合うような奴はいねーだろ。それこそ有名なイケメンモデルが相手でもおかしくねーんじゃね。本人もモデルやってるし」

「んー……朝日さんはそういう浮ついた感じとは違う気がするなー。現実的に、親が開業医やってるタワマン住み有名私立医大生とかじゃない？」

「女子高生にしてそれは、将来設計を見据えすぎてて逆に嫌だわ……。まあなんにせよ、俺らには関係のない天上の話ってことだけは確かだけどな」

そう、本来なら何をとっても俺たちとは生きる世界が違う、まさに高嶺の花。

なのに、そんな彼女が週末は俺の家でゲームに興じている。

なんて当然、二人は知る由もない。

俺だって未だに信じられずに、誰にも話していない。

他の誰にも何も言われないということは、多分彼女も誰にも話していないのだろう。

もしも、俺たちの交流が誰かに知られればどうなるか。

いくらただのゲーム仲間だといっても、間違いなく好奇の目に晒される。

実際にそうなった時の状況を想像すると、なかなか嫌な気分になった。

結局、二人の話に端を発した疑問のせいでゲームには全く集中できなかった。

教室に戻る時間が来た頃には、画面の中で俺の脳味噌くんはグチャグチャにされてしまっていた。

＊＊＊

教室に戻ると、朝日さんは普段と変わらない様子でそこにいた。

「絢火、見て見て～」

「何、この変な踊り……？」

「これ最近流行ってるんだって。ちょっと動画撮りたいから踊ってみない？　私のアカウントにアップしたげる」

「絶対に嫌」

「え～……絢火がこれ踊ったら絶対バズると思うんだけどなぁ～……」

五時間目の準備をしながら、隣席の日野さんたちとじゃれ合っている。

A組の某くんにとっては一世一代の告白も、彼女にとってはただの日常の一部だったというわけだ。

話したこともない同級生への僅かな同情心が消える頃には、五時間目の化学の授業が始まっていた。

OだのCだのHだのと、化学式という名の呪文が担当教員によって黒板に綴られていく。

しかし、同じ組み合わせの情報でも、俺の脳は既に対戦ゲームのマッチアップ有利不利のデータで満杯。

そんなものを詰め込む余地は1ミリも残っていない。

モルってなんだよ、やたらデカい数字だけど盛りすぎだろモルだけに。

昼間にグチャグチャにされた脳味噌がまるで俺自身のそれであったかのように、五時間目と六時間目の授業はこれっぽっちも記憶に残らなかった。

「んじゃ、今日はこれで終わりだな……。明日からゴールデンウィークだからって気ぃ抜くなよー……お前らが何かやらかしたら、俺も呼び出されんだからな……」

担任の多井田《たいだ》先生（通称：怠惰先生）が、気怠げにホームルームを終わらせる。

金曜日の放課後が訪れ、四十人のクラスメイトたちが一斉に解放された。

今からもう遊びに行く予定を立てているか部活へと向かう青春組、既に受験を見据えて予備校や図書室での勉強を提案している真面目組。そんな喧騒の中で、不真面目直帰組の一人として配られたプリント類を鞄にしまっていると――

「ねえねえ、光もカラオケ行かない？　他のクラスの子も合わせて、六人くらいで行くんだけど」

一軍女子青春組の桜宮《さくらみや》さんが、朝日さんに声を掛けている姿が目に入った。

「カラオケ？　今から？」

「うん、向こうで青葉南《あおばみなみ》の子も合流するんだけどさ。どうしても光を連れてきてほしいって言われてて……お願い！」

両手を合わせて拝むように頼み込んでいる桜宮さん。

この秀葉院《しゅうよういん》では珍しいなかなか開放的な女子で、他校の男子との合コン的な場をよくセッティングしていると聞く。

うちは進学校故に真面目な生徒の比率が比較的高いので、遊び慣れた垢抜け男子との出会いを求めている女子はよく世話になっているとか。

あの口ぶりだと、明言はしていないがそのカラオケにも他校の男子がいるんだろう。

「ごめ～ん……私、今からテニス部の子に練習見てって頼まれてるからちょっと無理かなー」

朝日さんは縦に長いラケットバッグを手にして、考える間もなく誘いを断った。

「それが終わってからは？」

「終わった後はクラブの方に行って自分の練習があるんだよねー」

「じゃあ、いつならいける？　ゴールデンウィーク中に暇な日は？」

しかし、桜宮さんもそれで諦《あきら》めるような人ではなく、まだ食い下がっている。

「ん〜……どうだったかな〜……明日と明後日は予定あるし……」

「明々後日は⁉　一日くらい空いてるよね⁉　光の都合にこっちで全部合わせるから！」

朝日光を連れてくれれば、男の質も一段二段向上する。

そんな心の声が、外にまで漏れ出ているようだ。

「ね？　たまにはみんなでパーッと遊んで、羽を伸ばすのも良くない？　スポーツって休むのも大事だって言うよね？」

「う〜ん……それはそうだけど……」

朝日さんもその押しの強さに困り果てている。

彼女の性格的に、あまり強くは断れないのは皆知っている。

「はいはい……そんなしつこく誘わないの。光は大会も近くて忙しいんだから……」

だから、こうして親友の日野さんが割って入るまでがいつもの光景だった。

「な、なんで委員長が入ってくんの……？　関係なくない……？」

「光が断りづらそうにしてるから代弁してあげたの。男漁りなら自分らの力だけでやればいいでしょ」

その名の通りに火属性を思わせる意志の強さを持つ彼女に、流石の桜宮さんもたじたじと引いていく。

颯斗が言っていたように、全方位にフレンドリーすぎる朝日さんの折衝役。

まるで、単体でもめちゃくちゃ強いボスの横にいる厄介なエリート護衛のようだ。

「ほら、光。行こ」

「あっ、うん……というわけでごめんね！　また今度誘って！」

日野さんに腕を取られて、朝日さんが教室から連れ出されていく。

「はぁ……ほんと、ガード固いなー……」

「男の気配を感じると絶対来ないよねー」

「やっぱ、うちらが知らないだけで彼氏いるのかな」

「どうだろ。てか、委員長まじでうざくない……？　あれ、マネージャー気取り？」

「分かる。あんなに過保護だと逆に光がかわいそうっていうか」

本人たちがいなくなったからと、言いたい放題言っている桜宮さん一行。

やめとけよと会話に割って入れるわけではないが、流石に居心地が悪くなってきた。

俺みたいな陰キャにはいくら聞かれても構わないと、日野さんの陰口を叩き合っている彼女たちを尻目《しりめ》にそそくさと退散する。

普段はそれなりに仲良さそうに見えても、利害に反すればああなるらしい。

女子同士の争いは、なかなかおっかないなと思いながら廊下を歩いていると――

「おー、影山。今、帰りか？」

反対側から歩いてきた担任の多井田先生とばったり出くわした。

「そ、そうですけど……」

何か嫌な予感がすると思いながらも、無視するわけにはいかずに返答する。

「そうかそうか。お前って確か帰宅部だったよな？」

「はい……まあ……」

「じゃあ、暇ってわけだ」

「いや、今からバイトがあるんで暇ってわけじゃ――」

「職員室から社会科資料室まで運ばないといけない荷物が山程あるんだけど、ちょっと手伝ってくれるか？」

断りきれるわけもなく、半ば無理矢理のような形で連行された。

「あー……しんど……」

三十分後、ようやく解放された俺は第三校舎三階の廊下をよろめきながら歩いていた。

「まさか第二の一階から第三の三階までを三往復もさせられるとは……」

日頃から運動不足の身体には、これからバイトに行くのが億劫《おっくう》になる程の重労働だった。

でも普段の授業や試験でダメな分だけ、こういうところで点数を稼いでおくのは大事だよな……と、せめて少しでも前向きに考える。

そうして、再びバイトへと向かうために、生まれたての子鹿のような足取りで廊下を歩いていると——

「じゃあ、今度はサーブアンドボレーで行くよー！」

今度は、どこかからよく通る女子の声が響いてきた。

その声に引き寄せられるように窓の外を覗《のぞ》くと、制服からテニスウェアに着替えた朝日さんがグラウンド脇《わき》のテニスコートに立っている姿が見えた。

彼女は地面に三度ボールをついてからやや前方にトスを上げると、まるで全身を弓のようにしならせて相手側のコートに強烈なサーブを打ち込む。

対面のテニス部の女子はなんとかそれに触れてフラフラッとした打球を返すも、電光石火の速さでネットまで詰めていた朝日さんが続けて強烈なスマッシュを叩き込《こ》んだ。

その明らかにレベルの違うプレーに、コート内外から男女問わずに大きな歓声が上がる。

「ちょっと、光ー！　それじゃサーブからレベルが違いすぎて全然参考にならないんだけどー！」

「大丈夫、大丈夫！　サーブアンドボレーは技術とかの前にまずは気合いだから！　とにかく相手のコートに強いサーブをバーンって入れて！　それでシュバッと前に出て、バシッと決める感じ！」

「感覚的すぎてもっと分かんなくなったんだけどー」

「とにかく気合いってこと！　ほら、次はそっちからやってみて！」

今度は立場を入れ替えて、再び実践的な指導を行っていく朝日さん。

彼女がコート上で躍動する度に、周囲からは何度も何度も大きな歓声が巻き起こる。

ご多分に漏れず、俺もその眩しいくらいの強烈な存在感に見惚《みと》れてしまっていた。

誰からも愛される学園一の人気者で、青春勝ち組のスポーツ美少女。

加えて彼女に近づこうと思えば、さっきも見た通りに日野絢火との相対は避けて通れない。

俺とは住んでいる世界が全く違う、本来なら絶対に接点を持つことのない天上人。

「……のはずなんだけどな」

廊下の途中で立ち止まり、スマホを取り出す。

メッセージアプリ『ＰＩＮＥ《パイン》』を立ち上げると、今日の昼休み中に届いた一件のメッセージが表示された。

『じゃあ、明日もいつもの時間に行くからよろしくー！　ＳＥＫＩＨＹＯの続きやるから！』

このバグみたいな状況は、本当に何なんだろうかと自問を繰り返す。

＊＊＊

朝日さんが週末、俺の部屋に来るようになって今日でちょうど二週間。

三度目の来訪となる今日は、彼女たっての希望でまたSEKIHYOをプレイしていた。

小気味良い剣戟の音が、八畳一間の部屋に響き渡る。

今日の彼女は大きなリアクションもなく、視線は画面に張り付いている。

初回の来訪で半分までクリアした物語の残り半分を、今日中に絶対攻略してみせるという強い意気込みを感じる。

その熱量のままに、凄まじい速度でボスを次々と撃破していく朝日さん。

テニスの試合中も、きっと同じくらい集中しているのだろうと容易に想像できた。

これなら本当に今日中のクリアもあり得るんじゃないかと思う一方で、そろそろ俺も攻略に乗り出さなければならないことがあった。

これだけ毎週毎週、俺の家に来ても大丈夫なのか。

彼女にそう聞かなければならない時が来ている。

世界のバグによって今こうなっているだけで、俺と彼女は本来生きる世界が違う。

あの告白と、それを見ていた二人の反応で心底思い知った。

テニス界の期待の新星で、モデルとしても順調なキャリアを積んで人気を博しつつある有名女子高生。

実態はゲームをしているだけとはいえ、そんな人が男の部屋……それも俺のような陰キャオタクのところに入り浸っているのは、外聞的にもよろしかろうはずがない。
もし露見すれば、周囲からのひどい好奇の目に晒されるのは間違いない。
それでテニスのパフォーマンスや、モデルとしてのキャリアに影響が出れば……。
しかもそれは時間が経ち、彼女がますます活躍するにつれて大きくなる爆弾だ。
……よし、言おう。
俺のような下層民が原因で、彼女の輝かしい未来を傷つけてはいけない。
とはいえ、真っ向から告げて禍根《かこん》を残してもいけない。
向こうから引くようにやんわりと誘導して、この交流に終止符を打とう。
朝日さんは俺がそんな決心をしているとも知らずに、画面に齧《かじ》り付いている。
さて、どのタイミングで言うべきか……。
流石にボス戦の最中に言うわけにはいかない。
それはゲーマーとして、万死に値する行為だ。
よし、次に死んだ時にしよう。
そう決めて彼女のプレイを見守るが——
……全く死にそうにないなあ。
決意してから二時間が経過したが、彼女は未だに一度も死んでいない。
元々のセンスの良さもあるが、そこに後から慣れが加わり最強に見える。

だが、この先に待ち受けているのはラスボスの次に強いと言われている難敵。

しかも、これまでのボスとは全く違う戦い方が求められる。

流石の朝日さんとはいえ、初見での突破は厳しいはず。

そうして案の定、その強敵を相手に朝日さんは苦戦し始めた。

上手い……上手いんだけど、こいつ相手に戦う時はそうじゃないんだよなぁ……。

とりあえず、ここは敵の方に頑張ってもらわなければいけないはずが――

あー、そうそう！　そいつと戦う時は……そう、それがベスト！

初見でこのボスを打開しそうな華のあるプレイに、思わず応援の気持ちが溢《あふ》れ出してしまう。

でも、もう回復が……あっ……あぁぁ……。

しかし、内なる応援も虚しく、彼女はボスの前に敗北を喫してしまった。

「あー……惜しかったのにぃ……」

コントローラーを膝《ひざ》の上に置いて、消沈している朝日さん。

今こそ話を切り出すべきじゃないかと考えるが――

「弾くよりも回避を重視して戦わないとダメだなぁ……あの攻撃の時は逆に踏み込んで、こっちから攻撃すれば……うん、いけそうかも！」

初見の敗北で、今は色々と考えているだろうから言うのは次にしよう。

流石にもう二、三回は死ぬだろうし、言えるタイミングはいつでも――

『お前さん……ありが……とうよ……』

勝手に満足して死んでんじゃねーよ!!

二度目の挑戦で、朝日さんはあっさりと終盤の難敵を撃破した。

これで残すはラスボスだけ。

こうなると流石に、クリアするのを待ってから言った方がいいのかもしれない。

そもそもプレイ中に水を差すのは良くない。

そうだ。そうしよう。

決意を新たに、彼女のプレイを見守る。

そうして遂に朝日さんはラスボスの下へとたどり着いた。

ススキに覆《おお》われた風情のある戦場で、前哨戦も含めれば四連戦になる長丁場。

名実ともに、このゲームで最強の敵といって間違いない。

流石の彼女でも一筋縄ではいかないはず。

その予想通りに、前哨戦はあっさり下したが、続く本番では敵の猛攻の前に倒れてしまった。

「あー!!　やられたー!!」

悔しそうに天を仰《あお》いでいる。

『迷えば、敗れる』

死の一文字が表示された画面で、ラスボスの有名な台詞が流れる。

「でも、次は絶対勝つ！」

間髪を容れずにリトライしている朝日さん。

その顔に一切の迷いはなく、これまでで最も楽しそうな笑顔が浮かんでいる。

変な噂が立ったら困るし、もうここに来るのはやめといた方がいいんじゃない？

俺がやんわりとそう伝えれば、この笑顔は曇るのだろうか。

そう考えると、心に小さな棘《とげ》が刺さったような痛みを覚えた。

すごく罪深いことのようにさえ思えてくる。

だったら、いっそ大した葛藤もなく、軽く受け入れられた方がましかもしれない。

そもそも、本当に言わなければならないことなのか。

向こうのためを想って……なんてのは、俺の劣等感に由来する独善でしかないのでは？

思考がグルグルと渦を巻き、自分が何を考えているのかも分からなくなってくる。

『迷えば、敗れる』『迷えば、敗れる』『迷えば、敗れる』

朝日さんがボスに敗北する度に流れる台詞が、まるで自分に言っているように聞こえてきた。

「秘技……雷返し!!　からの～……トドメだー!!」

十度目の挑戦で、彼女は遂にラスボスを撃破した。

『見事……じゃ……』

トドメの演出、そしてエンディングムービーが流れる。

「いぇーい！　大勝利ー！」

「お、おめでとう……めちゃくちゃ早かったね」

「だから結構上手いって言ったでしょ？　ほら、いぇーい！」

「い、いぇーい……」

ハイタッチを求めてきた彼女に軽く応じてしまったが、よく考えなくても女子との接触だ。

ほんの一瞬とはいえ、その手のひらの柔らかさに少し心臓がドキドキとしてしまう。

「あ〜、面白かったぁ……ここのゲームはほんとに全部神ゲーだねー」

一方、向こうにとってはそれ程のことでもなかったのか、彼女は満ち足りた表情で物語の結末を見届けている。

エンディングが終わり、タイトルロゴが表示されてスタッフクレジットが流れ出す。

初見では慣れた人でも二十時間以上はかかるゲームを十時間強で終わらせた腕前に感服しながらも、俺はまだ迷っていた。

「ねえねえ、これって他にもエンディングあったりする？」

「え？　ああ……あるにはあるけど……」

「やっぱりそうなんだ。じゃあ、あの選択肢のところかな〜……セーブからやるのもいいけど、せっかくなら最初から……って、ずっと一人でやるのは流石に影山くんに悪いか」

ひょっとしたら今が言うチャンスなんじゃないかと考えていると——

「ん？　どうかした？」

その先制攻撃権を使って、先に向こうが俺の異変に気づく。

「もしかして体調でも悪い？　ポカリ買ってきてあげよっか？」

座る位置を変えて、ぐっと一気に距離を詰めてくる。

バスで隣席に座ってきた時くらいの距離感。

あの時よりも明るい室内で、至近距離で顔を見合わせる形になる。

「いや、体調は万全だけど……」

「じゃあ……お腹《なか》空いたとか……？」

改めてこの距離で見ると、その整った目鼻立ちが更に際立《きわだ》つ。

ぱっちりと開いた大きな目を飾る長いまつげ。

高くて小さい鼻に、潤った桃色の唇。

即死級の攻撃力を備えた武器を、何個も何個も備えている。

「その、そうじゃなくて……」

「じゃあ、どうしたの……？」

小首を傾《かし》げる朝日さん。

顔が良すぎる。

性格も良い。

一緒にいて楽しい。

だからこそ、ダメなんだ。

同じ状況でも、相手が他の同級生だったら俺はきっと普通に受け入れられた。

俺にも遂に本物の青春が訪れたと諸手を挙げて歓迎しただろう。

けれど、朝日光と俺では住んでいる世界が違いすぎる。

上と下、陽と陰、光と闇。

ただのゲーム友達であっても、きっといつか迷惑をかけてしまうはず。

俺はこのバグを解消して、世界を元に戻さなければならない。

「朝日さん……」

「何？」

……本当にそうなのか？

『迷えば、敗れる』

ぐちゃぐちゃになっている思考下で、あの言葉が頭の中で繰り返された。

「連休中に、まだどっか予定の空いてる日ってある……？」

何故か分からないが、気がつけば俺はそんな言葉を口にしていた。

「……え？」

目の前で、朝日さんが豆鉄砲を食らったような顔をする。

その呆けた顔に、俺の攻撃が通った手応えを初めて感じた。

「いや……実は新しいマウスを買いに行こうと思ってて……それで朝口さんも、もしかしたらゲーミング系のデバイスに興味あるんじゃないかとかなんとか……い、いや！　やっぱり今のなし――」

「明後日なら空けられるかな」

「……へ？」

今度は俺が豆鉄砲を食らったような声を出してしまう。

「明日は予定あるから無理だけど。明後日のお昼からなら空けられるよ」

「そんな急にねじ込んで大丈夫……？」

「だって正直、すごく興味あるもん。私、ラケットとかガットもかなりこだわるタイプだし」

それが本心であるように、ふんふんと若干呼吸を荒くしている。

「そ、そうなんだ……」

「どこに買いに行くの？　量販店……とかにはあんまり売ってないよね？」

「えっと……ここから五駅くらいのところの商業施設の中に専門店があって……」

待て待て待て、俺は何を言ってるんだ。

もう終わりにしようと思っていたはずなのに……。

いや、今からでも間に合――

「専・門・店⁉」

行きたい行きたい行ってみたい。

そんな風に、彼女は目を爛々《らんらん》と輝かせ始めた。

今からやっぱりやめたとは、もう口が裂けても言えない。

「こう……ずらーって壁一面にマウスとかキーボードが並んでる感じ⁉」

「海外のメーカーから直接仕入れたりしてる店だから品揃えはかなり豊富かな……」

今でも自分と彼女は違う世界の人間だと思っている。

けれど決まってしまった以上は、しっかりと案内するしかない。

「へぇ～……私も何か良さそうなのがあったら買っちゃおうかなー」

「でも朝日さん、まだPC持ってないんじゃなかったっけ……？」

「もちろん将来、自分のパソコンを買った時のために！　それまでは影山くんのとこに置いといてもらうってことで」

朝日さんがそう言って子供っぽく笑う。

「まあ、置いとくくらいなら……」

まるで狙《ねら》っている男の部屋に、歯ブラシから順番に少しずつ私物を増やして既成事実を作る計算高い女のような絵面が浮かんだが、流石にそんな意図はないだろうと了承する。

「えーっと……練習が終わってからだからー……十五時くらいにはいけるかな。ってなると、晩御飯も多分向こうで食べることになるよね……」

スマホで自分のスケジュールを確認している朝日さん。

少し落ち着いてくると、自分の行動が生んだ結果を徐々に理解してきた。

……これって、もしかしてデート的なやつなのでは？

前もって予定を合わせて、男女二人がプライベートで外出する。

俺の自意識が過剰すぎるわけじゃなければ、70％くらいの確率でデートと呼ばれる行為だ。

だが、野球部の何とかくんを振って、それ以外にも大勢の男を振ってきた朝日さん。

そんな彼女がそう簡単に、デートなんてイベントを許すとは思えない。

そこでふと、先日教室で聞いた女子たちの会話を思い出す。

『はぁ……ほんと、ガード固いなー……』

『男の気配を感じると絶対来ないよねー』

まさか俺って、単純に男として見られていない……？

レベルが離れすぎて補正で経験値が入らないザコ敵扱い……？

だから何の憂いもなく部屋に入るし、なんならノーカンだと思われてるまである。

これまでの状況から、そんな疑念を抱いてしまう。

「待ち合わせ場所はどこにする？」

「え？　ああ……えーっと……現地の駅前は？」

「そだね。そっちの方が練習終わってから行きやすいかも。じゃあ、明後日の十五時に現地集合ってことで！　決まり！」

あっさりと決まったその約束に、疑念は確信へと限りなく近づく。

男として見られていないから、この距離感を維持されている。

だとすれば逆説的に、男として見られるようになれば向こうから引いてくれるはず。

この交流も自然と解消されて、誰も不幸な結果に見舞われなくなる。

何の見通しも立たなかった状況だったが、遂に攻略法が見つかった。

「……って、話してたらもうこんな時間！　早く帰んなきゃ！　それじゃあまた明後日――」

「あっ……ちょ、ちょっと待って！」

荷物を纏《まと》めて帰宅しようとした朝日さんを制止する。

「え、駅まで送ってくよ……」

外は既に暗く、女子が一人で歩くには危険な時間帯。

普通の男らしい男なら、ここは駅まで送り届けるのが正解。

なんなら前回前々回は普通にここで見送っただけだったのは、既に大きなマイナス点になっていたかもしれない。

「あー……わざわざ送ってくれなくても大丈夫だよ。一人でも全然」

「けど、もう外も暗いし……」

案の定断られるが、ここで引くわけにはいかない。

男として見られるために、男らしく振る舞わなければ。

「ちょっと歩いたら表通りだし、へーきへーき」

「でも、もしも何かあったら……その、あれだし……」

「あれって？」

「あれって、その……なんだろう……」

「あはは！　なにそれ～！」

要領を得ない言い分に、朝日さんが声を上げて笑う。

「と、とにかく一人は危険だってことで！」

「まあ……そこまで言うなら送ってもらおうかな～」

「りょ、了解！　えっと……じゃあ、財布とスマホだけ……あ、あれ!?　どこに置いた……!?」

「あはは、いきなり前途多難だねー」

そう言って笑い続けている彼女の前で、十分かけてスマホを大捜索した。

やっぱり一人で帰るとは言い出さなかったが、意気込みに反していきなり情けないところを見せてしまった。

その後、捜索にかかった時間のおおよそ半分の時間をかけて、彼女を駅まで送る。

まるで明後日の予行演習のような道程は、ほとんど何も話せずに終わってしまった。

そうして彼女を送り届けて帰宅した俺は、『Ｔｈｉｓｃｏｒｄ』を立ち上げて、フレンドの樹木《じゅもく》さんにメッセージを送った。

『樹木さん的に、男らしさってなんだと思います？』

『そういうことをいちいち誰かに聞かないことだな』

ごもっともだと思った。

第3話　突発イベント

――朝日《あさひ》さんと出かける約束をした翌日、日曜日の昼下がり。

俺《おれ》はバイト先の洋食店『水守亭《みなもりてい》』で労働に勤しんでいた。

少数のカウンター席と、四人掛けのテーブル席が四つだけの小さな店。

大型連休の真ん中ではあるが、客をいっぱいに入れてもそれほどの忙しさはない。

いつも通りに客を席へと案内して、注文を取り、料理を運び、会計をする。

高一の春に初めて手伝った当初は色々とやらかしまくったが、今ではまるで飲食店バイトシミュレーターでもしているような気分だ。

視界の右上には、現在スコアまで幻視できている。

そうして昼の営業時間を終え、人のいなくなった店内を掃除していると――

「黎也《れいや》く～ん！」

厨房《ちゅうぼう》から間延びした声が響いてきた。

「何⁉」

向こうに聞こえるように、少し声を張り上げて答える。

「ちょっと、今からお使い頼まれてもらってもい～い？」

「お使いって⁉」

もう一度、少し大き目の声で返答すると――

「実は……さっき割って、食器が足りなくなっちゃって……」

この洋食屋『水守亭』の店長である水守依千流《みなもりいちる》さんが、カウンターの向こう側から申し訳なさそうに顔を覗《のぞ》かせてきた。

仕込み中なので長い髪の毛を後ろでポニーテールにし、コックコートを身に纏《まと》っている。

彼女は俺の母親の姉の子供で、俺からすれば少し年の離れた従姉弟《いとこ》の関係にあたる。

海外出張中の両親に代わって保護者役を務めてくれているが……。

「また？　これで先月から合わせてもう三回目じゃなかった？　安い物じゃないんだから気をつけなよって何回も言ってるのに……」

「うぅ……ごめんなさ～い……」

少し説教気味に言うと、依千流さんは子供のようにしょげた。

身内贔屓《びいき》を抜きにしても料理の腕は抜群だが、少し……いやかなり抜けているところがある。

食器を破損させるのは日常茶飯事だし、一人で切り盛りしている時は注文の取り違えも珍しくない。

当初は指導される側だったが、今ではすっかり彼女が何かやらかさないか俺が見張る立場になっている。

一方で、この小さな店が成り立っているのはそんな性格のおかげとの見方もある。

ちょっと隙のある料理上手な二十二歳のおっとり系巨乳美人。

常連の多くは、そんな彼女目当てで来ていると言っても過言ではないからだ。

「まあいいけど……またいつもの雑貨屋に取りに行けばいい？」

「うん、何が要るかは先に電話で伝えてあるから受け取りに行くだけで大丈夫」

「了解。一人で留守番している間に追加の皿は割らないように」

何か不満を口にしていた依千流さんに背を向けて、店を出る。

入り口を出ると、道路を一本挟んですぐ向かい側に駅が見える。

連休中の昼間ということもあってか、駅前は大勢の人で賑わっていた。

駅ビルの中にある雑貨屋へと行くには、この人だかりの中を突っ切っていかなければならない。

面倒でも制服から着替えておけばよかったと思うが、今更仕方ないかと歩き出す。

今からどこかに遠出するのか、浮かれ気分の人々の間を抜けてビルへと入る。

エスカレーター……は目立ちそうだから階段を使って三階に。

目的の小洒落た雑貨屋に着き、客層と自分の差に引け目を感じながらも、食器を受け取ってそそくさと退店する。

こういう報酬も事件もないお使いクエストってクソゲー要素だよな。

そんなことを考えながら歩いていると、通路の向こう側に見知った顔を見つけた。

小洒落たブティックが並んでいる一角を、朝日さんが歩いていた。

同じ生活圏内なので居てもおかしくはないが、見てはいけないものを見てしまったような気分になる。

彼女は、知らない男の人と肩を並べて歩いていた。

遠目に見ても分かる精悍な顔立ちに、高身長のモデル体型。

朝日さんも女子としては背の高い方だが、それよりも20センチ近くは高い。

年齢は少し上で大学生くらいだろうか。

俺が逆立ちしても、人生を何周しても勝てなそうな強者のオーラを醸し出している。

その両手には、二人で長い時間をかけて買い物していたのが分かる大量の紙袋を提《さ》げていた。

それを見て、最初に生まれた感情は大きな大きな安堵《あんど》だった。

あっ……ぶねぇ～!!

もう少しで危うく、とんでもなく身の程知らずの勘違いをするところだった。

そうだ。そりゃそうだ。

朝日さんレベルの女子に、彼氏の一人や二人がいないわけがない。

むしろ、居てくれて安心したまでである。

あんなハイスペ彼氏がいるなら、俺を男として見れないなんて当たり前だ。

同じ脊椎動物として接してくれているだけありがたいまである。

俺に神の加護があらんことを。アンバサ。

そうやって、内心で渦巻く複雑な感情に整理をつけていると——

……あっ。

じっと見てしまっていたせいで、朝日さんと目が合ってしまった。

一瞬遅れて、向こうも俺の存在を認識する。

「あーっ！　影山《かげやま》くんだー！　おーい！」

そうなるや否や、大きく手を振りながら同行者を置いて駆け寄ってくる。

「影山くんだ、影山くんだぁ！　こんなところで会うなんてすっごい奇遇じゃない⁉」

「あ、ああ……うん、奇遇奇遇……」

「だって、また明後日ってバイバイしてからまだ一日も経《た》ってないもんね。ここで何してたの？　もしかしてそれってバイト先の制服？」

側に来るや否や、矢継ぎ早にラッシュ攻撃が繰り出される。

「そう……店長の従姉にちょっとしたお使いを頼まれて……」

「そうなんだ！　日曜日なのに大変だねー」

何事もなかったかのように、いつもの様子で喋《しゃべ》り続ける朝日さん。

お前に見られても別に困らないということだろうか……。

「おい、人に荷物を持たせたまま何してんだよ……」

彼女が来たのと同じ方向から、例の同行者が不機嫌そうに歩いてくる。

「あっ、ごめんごめん……って、全部自分のなんだから持つのが当たり前でしょ！」

「俺は要らないって言ってんのに、お前が買わせたんだろ……」

「そうしないと自分で買わないからでしょ！　いつも同じのばっかり着回して！」

追いついてきたかと思えば、その場で痴話喧嘩を始める二人。

二人分の圧倒的な強者オーラに気圧される。

近くにいるだけで、デバフと持続ダメージが入るタイプのスキル持ちだ。

「ちっ、うっせぇな……。てか、誰《だれ》だよそいつ……」

ひぃっ……こ、怖い……。

明確な敵意を剝き出しにした口調に思わずたじろぐ。

お使いクエスト中の突発イベントにしては、ちょっとヘビーすぎやしないか？

「お、俺はただの深海を漂う塵芥のような存在で……」

「あっ……ごめんね、影山くん。紹介が遅れちゃった」

「いやいや……俺如《ごと》きに紹介なんて要らないから引き続きデー――」

「これ、うちのお兄ちゃん」

「トを楽しん……え？　お兄ちゃん？」

……彼氏じゃなくて？

「うん、全然似てないでしょ？」

笑いながら、あっけらかんと言う朝日さん。

朝日さんのお兄さん……。

確かに、その存在は以前の会話の中で触れられていた。

けれど、兄や弟は彼氏の隠語であると、クリスマスに声優やＶｔｕｂｅｒの監視をしている人たちがネット上で言っていた記憶もある。

「で、こっちはクラスメイトの影山くんね。前に話したっけ？　ゲーム友達の」

「ああ、こいつが……」

今度は朝日さんが、お兄さん（仮）に俺の紹介をしていく。

クラスメイトには話してなさそうな俺との関係を、この人には話してるのか？

ということは、本当に兄妹……？

確かにそう言われれば、どことなく雰囲気も似てる気がする。

二人の姿を見比べていると、１８０センチを優に超える長身がずいっと一歩前に出てきた。

「……朝日大樹《たいじゅ》」

ぶっきらぼうな口調で、朝日姓の名前が紡《つむ》がれる。

「ど、どうも……影山黎也です……」

まさに大樹のように、10センチ以上は高い位置にある頭部を見上げながら頭を下げる。

睨《にら》みつけるというほど威圧的ではないが、値踏みするような視線を感じる。

妹に近づく悪い虫とでも思われているんだろうか。

いや流石に、今どきそこまで典型的なシスコン兄キャラはいないか……。

でも、そういえば朝日さんのお兄さんってことは――

「お前……ゲームが趣味なんだって？」

「はい……まあそれなりにですけど……」

「じゃあ、好きなタイトルは？」

「え？」

突然振られた質問に、素っ頓狂な声が出る。

「好きなゲームは何かって聞いてんだよ。最近やってこれが面白《おもしろ》かったとかあんだろ？」

そう、朝日さんのゲーム趣味は元々お兄さんに由来している。

詳しくは聞いていないが、現行ハードは全《すべ》て揃《そろ》えていて、ゲーミングＰＣも持っていたようなことも言っていた。

そんな人がナイフのように鋭い目で、俺がどう出てくるのかをじっと観察している。

……もしかして、試されている？

それはまさしく、俺が朝日さんを試そうとしていた時と同じ状況だった。

「えーっとですね……好きなタイトルは……」

なんて答える？

何を出すのが正解だ？

オーソドックスにソールライクの死にゲーか？

あるいは少しコアめにインディーゲームの傑作を挙げるべきか？

大規模で重厚なＳＬＧ《シミュレーションゲーム》……パラドゲーなんかは流石に狙《ねら》いすぎだろうか……。

流行りのＰｖＰゲーなんかもファンが多いから正解の可能性はある。

いや、ここは一周回って国民的人気ゲームを選ぶのが無難かもしれない。

まるで動線の出来が悪いダンジョンを彷徨《さまよ》っているように、思考が同じ場所をぐるぐると回る。

「さ、最近だと……ルールレスダンジョンってゲームが面白かったですね……」

結局出たのは、特に有名でもなければ尖《とが》っているわけでもないタイトル。

Ｓｔｒｅａｍで２０００円くらいで売っていた国産のローグライクダンジョン探索ゲー。

名前を聞いたこともない小さな独立系開発の処女作で、そこまで大ヒットしたわけでもないが、自分の記憶には妙に残っていた作品だった。

お兄さんも知っているタイトルだったのか、眉《まゆ》がピクッと微《かす》かに動く。

「……それのどこが面白かった？」

先刻までと少し雰囲気の違う、少し角の取れた声色で尋ねられる。

「どこっていうと、こう……微妙に説明しづらいんですけど……」

「いいから言ってみろよ」

「ええっと……新規スタジオ特有の荒削りなバランス調整が、逆に良い方向に働いてたところって言うんですかね」

「……具体的には？」

「序盤でいきなりとんでもなく強い武器を手に入れたと思ったら、今度はそれよりもっとヤバイ敵があっさりと出てきたり……。基本的にそんなびっくり箱みたいなゲームなんですけど、実はちゃんと考えれば勝率を上げられるっていう絶妙なバランスの上に成り立ってて……。でもローグライクって、そういうところが面白いゲームだよなってのを再確認させてくれたところが良かったですね……後は――」

自分があのゲームをプレイした時に感じた所感を、更に言語化して紡いでいく。

「――って感じで、総じて良いゲームでした」

数分かけて一通り喋り終え、『どうだ？』とその手応えを確認するが――

見上げた目線の先には、ポカンと呆けたイケメンの顔があった。

一瞬遅れて、自分の過ちに気がつく。

……完ッ全にやらかした。

オタクのダメなところを100％出してしまった。

頼むからやり直させてくれと、後悔しかけた時だった。

「ぷっ……わっはっはっは!!」

朝日さんのお兄さん（仮）が、声を張り上げて笑い出した。

「ちょ、ちょっと……お兄ちゃん……！　恥ずかしいんだけど……！」

商業施設のど真ん中で急に大笑いし始めた兄を、朝日さんが恥ずかしそうに諫《いさ》める。

周囲を行き交う他の客たちも何事かと、足を止めて俺たちの方に目を向けている。

「わりぃわりぃ……こいつ、なかなか面白いやつだなって。いやー、気に入ったわ」

豪快に笑ったかと思えば、今度は俺の背中を叩きながらそう言ってきた。

「名前はなんつったっけ？」

「か、影山です……影山黎也……」

「黎也だな。うっし、そんじゃとりあえず場所変えっか」

「え？　ば、場所を？」

「ちょっとお兄ちゃん……勝手に話進めないでよ……」

「買い物は終わったんだからいいだろ。嫌ならさっさと一人で帰れ。俺はこいつと今からみっちり五時間は語らうからよ」

手をシッシッと払って、朝日さんを追いやろうとしている。

彼女をこんな雑に扱える人間が、この世に存在したのか……。

「五時間って……そもそも俺バイト中なんですけど……」

「バイト？　そんなもんサボりゃいいだろ」

「いや流石に無理ですよ……」

なんて強引《ごういん》な人だ……と思いながらも、確かに朝日さんのお兄さんだなと納得した。

「なんだよつれねぇな……。でも、そんな制服来てるってことは飲食店か？　じゃあ、そこに行くか。ちょうど昼もまだ食ってなかったしな」

「ええ……」

「そういえば影山くんのバイト先って洋食屋さんなんだっけ⁉　だったら私も行きたーい！　実はもうお腹《なか》ペコペコで」

あぁ……間違いなく兄妹だ……。

相手が一人でさえ勝てないのに、二倍になった圧力に敵《かな》うわけもなく、俺は二人を店へと案内せざるを得なかった。

その道中にお兄さんは俺にだけ聞こえるように、こんなことを言ってきた。

「ちなみに兄貴だってこんだけすぐに紹介されたの絢火《あやか》ちゃん以来だぞ。随分と懐かれてんだな」

＊＊＊

「いや、あれはまじで驚いたわ。既存の組み合わせでまだこんな面白いもんが作れるんだなって」

「インディーゲームは時々そういうのが出てくるのが面白いですよね。大手の大作にはできないアイディア一本勝負っていうか」

大樹さんと二人で並んで歩きながら、互いの好きなゲームについて話し合う。

最初はその強者オーラに気圧されてしまっていたが、店の近くへと着く頃にはすっかり意気投合してしまっていた。

正直言って、これだけ趣味の一致する人と出会ったのは初めてかもしれない。

「ぜ、全然ついてけない……」

「ああ、ごめん……つい話し込んじゃって……」

あまりに二人の世界に入りすぎて、朝日さんを置き去りにしてしまっていた。

「ほっとけほっとけ。そいつはまず自分でハードを買うところからやらせねーと」

「お兄ちゃんが私のいない間に全部持っていったくせに……！」

「俺のもんを俺が持っていって何が悪いんだよ。モデルだのなんだので稼いでるんだから自分で買え！」

「ふんっ、影山くんにやらせてもらうからいいも～ん……ね～？」

「と、とりあえず……もう着くから続きはそこで……」

板挟みの状態が辛くなってきたところで、タイミングよく店に到着する。

案内人として先に進んで、入り口の扉を開ける。

カランカランとドアベルが鳴り、仕込み中の食材の匂《にお》いが微かに漂ってきた。

「黎也くん、帰ってきた？　ちょっと遅かったね～……って、あれ？」

食器を持って帰ってきた俺を出迎えようとした依千流さんが首を傾げる。

「えーっと……実はそこでばったりクラスメイトと会って……」

「はじめまして！　影山くんと同じ秀葉院高校に通っている朝日光《ひかる》です！」

俺の横を通り抜けて、店内に入った朝日さんが大きな声でハキハキと自己紹介をする。

「あら……あらあらあら……まさか、黎也くんが……それもこんな可愛らしい……」

ポカンと口を開けて、俺と朝日さんの顔を交互に見比べている依千流さん。

「あっ、ご挨拶《あいさつ》が遅れました。私は黎也くんの従姉で水守依千流っていいます」

「昼食がまだらしくて、それなら是非うちでって話に……お兄さんも一緒に」

変な勘違いをされないように、付け足した部分を少し強調する。

「営業時間外なのにすいません。でも、一度来てみたいと思ってて」

「全然大丈夫だから気にしないで！　ほら、黎也くん！　席に案内してあげて！」

「ああ、うん……じゃ、こっちに」

いつも客にやっているように、朝日さんを奥のテーブル席へと案内する。

「すごく雰囲気の良いお店ですねー。洋風のレトロモダンっていうんですか？　懐かしい温かみがあって、落ち着いてて……私、こういうのすっごく好きかもしれないです」

周囲を見渡しながら、朝日さんがそう口にする。

店内の装飾は全て、依千流さんが内装業者に頼んで細部までこだわったものらしい。

客席のテーブルと椅子《いす》は全て、濃い色の木材を用いたアンティーク。

壁や天井《てんじょう》も過度の装飾はせずに、白系の壁紙と木材でシックな雰囲気にまとめてある。

俺が今しがた受け取ってきた食器類も、全てその雰囲気に合わせた物だ。

「そう言ってくれるのすごく嬉《うれ》しいな～。黎也くんは私の好きなインテリアとかに全然興味持ってくれないから……」

「え～……もったいな～い……」

「俺は七色にビカビカと光ってる方が好きだから」

……というのは流石に冗談だけど。

「も～……いつもそうなんだからぁ……って、あれ？　そういえば、お兄さんもいるんじゃなかったの？　どこにも見えないけれど……」

「あれ？　ほんとだ。どこ行ったんだろ？」

「店の前までは一緒にいたはずだけど……」

三人で店内を見回すが、大樹さんの姿はどこにも見えない。

店のすぐ手前まではあれだけ一緒に喋ってたんだから、はぐれたりはしてないはず。

そう思って探すと、すぐに見つかった。

店の入り口の敷居を跨《また》ぐ一歩手前で、何故《なぜ》か呆然《ぼうぜん》と立ち尽くしている。

「大樹さん？　どうしたんですか？」

すぐ側まで歩いて行って呼びかけるが、反応がない。

さっきまで鬱陶しいくらいに話していたのが嘘《うそ》のように黙り込んでいる。

「大樹さ〜ん……もしも〜し……」

再度話しかけるが、やはり全く反応がない。

その視線は高い位置から、俺の肩越しにある一点を見つめている。

振り返って視線の向かう先を確認すると、きょとんと首を傾げている依千流さんの姿があった。

「水守……依千流さん……」

彼は俺の従姉の名前を、まるで尊ぶような口調で紡ぎ出した。

「大丈夫？　もしかして急に具合が悪くなってたりしちゃった？」

いつまで経っても入ってこない大樹さんを心配したのか、依千流さんも側に寄ってくる。

「いえ‼　大丈夫です‼　問題ありません‼」

「そ、そう……なら良かった……。どうぞ掛けてください」

「はい‼　失礼します‼」

ギクシャクと、まるで油の切れた機械のような動きで大樹さんが奥の席に移動する。

朝日さんも兄の異変を察してか、ばつの悪そうな表情をしている。

「ちょっと、お兄ちゃん……恥ずかしいから普通にしてよ……」

「ふ、普通じゃろうがい‼」

めっちゃ変だ……。

「そういえば、黎也くんもお昼まだだったよね。せっかくだし、一緒に食べたら？」

そうしなさいと激しく目配せしながら、依千流さんが提案してくる。

何を考えてるのかは分からないが、断るのは流石に不自然か……。

「ん……まあ、二人が邪魔じゃなければ……」

「全然邪魔じゃないから一緒に食べよ！　ほら、座って座って」

即断で了承され、三人で食べることになる。

依千流さんが『隣に座れ』と何度も目配せをしてきているが、それは流石に無視して大樹さんの隣に座る。

「ん～……どれにしようかな～……悩む～……」

レトロなカリグラフィー風のフォントで書かれたメニューを、朝日さんが正面で食い入るように見つめている。

二人でゲームをやることすら異常事態だったのに、今度は向かい合って食事。

ほんの数十分前までは、まさかこんなことになるだなんて思ってもいなかった。

「影山くん的にはどれがおすすめ？」

「ん～……そうだなぁ……」

身内の贔屓目を抜きにしても、依千流さんの料理はどれも絶品だ。

その中から一つを選ぶのは、ゲームのライブラリから最高の一作品を選ぶのと同じくらい難しい。

「カルボナーラ……いや、ビーフシチューも捨てがたい……でも、やっぱりオムライスかな」

「オムライス！　確かに美味《おい》しそう！　じゃあ、私はそれで！」

「はーい、光ちゃんはオムライスで……えーっと……」

朝日さんの注文を取った依千流さんが、続いて大樹さんの方を見る。

「お兄さんの方は何にする？」

「では、自分もオムライスでお願いします！」

まるで政治家の所信表明のように、力強くハキハキと喋る大樹さん。

「はーい、お兄さんもオムライスで……黎也くんも同じのでいい？」

「うん、まとめて作った方が楽だろうし」

「じゃあ、オムライスが三つね。すぐに作ってくるから、しばしご歓談してお待ちくださ～い」

俺がクラスメイト……それも女子を連れてきたのが嬉しいのか、スキップするような歩調で厨房へと戻っていく。

浮かれすぎて盛大にコケたりしないかが心配だ……。

「すごく綺麗《きれい》で優しそうな従姉さんだね。うちのお兄ちゃんと交換できないかな」

「ははは……」

なんとも答えづらい冗談に、苦笑いで応じる。

一方、そんな言われようにもかかわらず、大樹さんは先刻までと打って変わって一切《いっさい》反論しようとしない。

ただぼんやりと、料理の音が微かに聞こえる厨房の方を眺めている。

そうして、しばらく二人＋αで話していると頼んだ料理ができ上がった。

「黎也く～ん、できたから順番におねが～い！」

依千流さんがキッチンカウンターの上に並べた皿を、一つずつ運んでいく。

テーブルの上にお手製のデミグラスソースがたっぷりかかったオムライスを三つ並べ、改めて準備が整った席へと着く。

「うわぁ～……美味しそ～……！　それじゃあ早速いただきま～す！」

スプーンを手にした朝日さんが、一口大に切ったオムライスを口に運ぶ。

「～～～～～ッ！」

声にならない感動が、彼女の全身から溢《あふ》れ出した。

「お、おいし～……!!」

星を浮かべたように目を輝かせて、単純にして最上の感想が発せられる。

「お口に合ったかしら？」

「はい！　まるで口の中が天国になったみたいにふわふわのトロトロで……本当に美味しいです！」

その掛け値なしの賛辞に、厨房から出てきた依千流さんも満足げに微笑んでいる。

勧めた俺も、まるで自分が褒められたようで少し嬉しくなった。

「ね？　お兄ちゃんもそう思わない？　お兄ちゃん……？」

同意を求めた朝日さんの正面で、大樹さんは一口目のスプーンを咥《くわ》えたまま固まっていた。

もしかして口に合わなかったのだろうかと思い、隣から顔を覗き込む。

「美味い……ッ!!」

テーレッテレー。

そんな効果音が鳴りそうに声を震わせた大樹さんの目には、うっすらと涙も浮かんでいた。

「こんな美味いオムライスは食べたことがない……!!　現在過去未来全てを含めて人生最高の一皿だ!!」

「そ、それは流石にちょっと大げさじゃないかな……？　褒めてくれるのは嬉しいけど……」

度を越えた反応に、依千流さんも大きな戸惑いを見せている。

「いいえ、まずはこのデミグラスソース……程よい酸味と甘味が一体になったこれに、更に生クリームを混ぜてまろやかに仕立てることで、絶妙な焼き加減の玉子との調和が生み出されています！　もちろん、中のチキンライスも素晴らしい！　具がそれぞれ丁寧に下味をつけられて、ケチャップの味は敢《あ》えて控えめにすることによってそれを更に引き立てている！　これらの要素が密接に絡《から》み合《あ》い、オムライスという名の芸術作品となって今、俺の目の前に降臨している……まさに、神の御業《みわざ》という他ない……！」

熟練の食レポタレントでも言うのを憚《はばか》りそうなクドい感想が、すらすらとその口から並べられていく。

もしかしてこの人、思ってたよりも数段ヤバイ感じなのかもしれない……。

「お、お兄ちゃんが何かを食べてこんなリアクションするの初めて見たかも……よっぽど美味しかったみたいです。普段は『美味い』『まずい』『普通』だけで済ます人なんで……」

兄がドン引きされているのを見かねた朝日さんが、なんとか精いっぱいのフォローを入れる。

「ほ、ほんとに？　だったらすっごく嬉しい。えーっと……」

「大樹！　朝日大樹です！　東帝大学二年！　趣味はゲームとプログラミング！　好きなシャウトは激しき力！　休日は買い物に付き合うくらいの妹思いな二十歳です！　以後、お見知りおきを！」

「た、大樹くんね……。東大生なんだ……す、すごいね……。黎也くん勉強教えてもら――」

「はい、任せてください!!　偏差値20アップを約束します!!」

被《かぶ》せ気味に席から立ち上がった大樹さんと、かなり引き気味の依千流さん。

この手の機微には疎い俺でも、流石に状況を理解できた。

また、この店の常連客が一人増えたのだと。

＊＊＊

大樹さんの独壇場と化した食事を終え、夕方の営業時間が始まる前に二人は帰った。

二人共に『また来ます』と言っていたけれど、大樹さんの方の意味合いは少し怖い。

あの調子だと本当に週一……いや、下手すれば二、三日に一回は来るかもしれない。

そうして夕食帯の営業時間も終えて、帰宅したのは十時過ぎだった。

「ふぅ……連休中の忙しい時期だから流石に疲れたな……」

疲弊しきった身体をゲーミングチェアに預け、右手だけを動かしてマウスを操作する。

長く働いた分だけ、今日のバイト代はそれなりの金額になる。

ここにあるどんなゲームでも買えちまうぜと、全能感に浸りながらＳｔｒｅａｍのランキングをスクロールしていると——

「あっ、樹木《じゅもく》さんからメッセージ来てるな……」

だらけきって机の下まで潜り込みそうになっていた身体を持ち上げ、メッセージを確認する。

『ヌルヤ、いるか？』

珍しい短く単純な呼びかけ。

ちなみにヌルヤは俺のハンドルネームだ。

『今バイトから帰ってきました』

『そうか』

その短い言葉を受け取ったのを最後に、会話が止まる。

向こうから声をかけてきたのに、特に用事があったわけではないんだろうか。

そう考えていると、またメッセージを入力中の文言が表示された。

まるで手紙を書いては内容が気に食わずに破り捨て、また最初から書き出すかのように。

入力中の文言が、消えては表示されを繰り返す。

いつにも増して変だなー……と観察していると、ようやく本題が切り出された。

『お前はこれまでの人生で運命を感じた瞬間ってあるか……？』

いきなり乙女かよ。

『決定論的な話ですか？』

『いや、人と人との出会いに関してだ』

適当にはぐらかそうと思ったら軌道修正される。

どうやら真剣な話らしい。

『じゃあ、多分ないですね。そんな乙女回路は未搭載なんで』

『そうか……俺もそうだったはずなんだけどな。今日、まさに運命と呼ぶしかない女性に出会ってしまったんだ……』

その喜びと悲痛さが入り混じった感情が、文字からも滲《にじ》み出ている。

どうやら誰かにガチ恋してしまったらしい。

『へぇ……ちなみになんてゲームのどんなヒロインですか？』

『いや、ゲームじゃねーよ』

『じゃあＶＴｕｂｅｒですか？　知り合いがＶに貢ぎすぎて破滅したニュースとかは見たくないんで、ほどほどにしてくださいよ』

『ちげーよ！　リアルだよ！　三次元の女だよ!!』

『ああ、そうなんですか』

二次元にしか興味のない人だと思っていたので、意外だった。

しかし、その『三次元の女』って言い方が既に敗色濃厚な雰囲気を漂わせている気がする。

『で、俺はどうすればいいと思う？』

『どうすればって……なんでそんなこと俺に聞くんですか』

『だって俺、選択肢の表示されない恋愛とか全然分かんないから……』

な、なんて情けない人なんだ……。

いや、俺も人のことを偉そうに言える立場ではないけれど。

『俺もあんまり分からないですけど、今の樹木さんは、らしくないのだけは確かですね』

『らしくない……？』

『はい。だって俺が知ってる樹木さんは、０／７／０のヤスオでも常にアウトプレイを狙ってるようなアグレッシブさが売りの人じゃないですか』

『……確かに』

『そんな後ろ向きじゃ勝てる勝負にも勝てませんよ』

『言われてみればそんな気がしてきた』

『ゲームも現実も同じですよ。攻めて攻めて攻めまくりましょう!!』

キーボードを叩《たた》く指が、どんどん軽くなってくる。

人を無責任に後押しする心地よさを感じてしまっていた。

『そうだよな！　よっしゃ!!　連休明けから早速ガン攻めチャートと行くか!!』

『その意気ですよ!!　応援してます!!』

さしあたっては自分も、明日に控えた買い物イベントを攻略しなければならない。

当日の行程を考えるだけでなく、服や身なりもしっかりと整えていく必要がある。

しかし、当然俺に女子と二人で出かけた経験は皆無だ。

初見の死にゲーよりも厳しい戦いが強いられるのは間違いない。

今の焚き付けも、自分の置かれた状況からの逃避行動の一種だったのかもしれない。

そして、その行動がどんな結果を生むのか、この時の俺はまだ知る由もなかった。

第4話　初デート？

一晩が経《た》ち、遂に当日を迎えてしまった。

昨晩は一時前にはベッドに入ったが、緊張のせいでなかなか寝付けなかった。

結局意識が途絶えたのは三時頃で、起きたのは八時前と五時間も眠れていない。

約束の時刻は十五時なのでもう一眠りしようとしたが、体力は回復していないのに目は冴《さ》えてしまっている状況でそれもできなかった。

結局、昼まで適当にゲームをして過ごし、最悪のコンディションのままでその時を迎えてしまった。

今日の散策地である商業施設の入り口付近、指定したモニュメントの前で彼女が到着するのを待つ。

到着してから、おおよそ十回目になる時刻確認を行う。

スマホの液晶画面には14：55と表示されていた。

そろそろ来るかなと視線を上げて周囲を見渡す。

月曜日ではあるが世間は大型連休の真っ只中で、大勢の人で溢《あふ》れかえっている。

まさか同級生と鉢合わせたりしないよなと、今更心配になってきた。

秀葉院生の主な行動圏内からは少し離れているが、それでも誰《だれ》かがいる可能性は十分にある。

俺《おれ》はともかく、朝日《あさひ》さんの方は学年の括りを超えた有名人。

千人近い生徒のほぼ全員に顔を知られている。

そんな人が男と二人きりでいるのが目撃されれば、あの懸念が現実になってしまう。

やっぱりやめとくべきだったんじゃないかと、心配がピークに達した時――

「お待たせ～」

その不安をかき消すように、軽《かろ》やかで心地の良い声が正面から聞こえてくる。

地面に落ちつつあった視線を上げると、朝日さんがすぐ側まで来ていた。

「ごめん、もしかして結構待ってくれてた？」

「いや、全然……俺もさっき来たばっか」

「なら、よかった。それじゃ行こっか」

その言葉を合図に、俺たちのデート的な何かが開始された。

まずは俺が先導する形で、側の自動ドアから商業施設の中へと入る。

「ここ来るの、結構久しぶりだな～」

「そうなんだ」

「うん、子供の頃はお父さんがたまに連れて来てくれてたけど、高校に入ってからは初めてかな」

「まあ他の買い物するだけなら、わざわざこっちにまで来る必要もないしね」

そんな他愛のない会話をしながら、二人で並んで歩く。

外で見る彼女の私服姿には、屋内で見るのとはまた違った新鮮さがあった。

ここは、似合ってるとか褒めたりする方が男らしいんだろうか……？

いや、別に付き合ってるわけじゃないんだからそこまでは要らないか……。

「ところでさ、この服どうかな？」

いや、そっちから聞いてくんのかよ！

「昨日お兄ちゃんの買い物に付き合ってる間に買った奴《やつ》なんだけど、似合ってる？　自分じゃよく分かんないからできれば他の人の感想が聞きたいんだよね」

しかも、俺との買い物に新しい服を下ろしてくるなんて恐れ多い。

「えーっと……俺にはよく似合ってるように見えるけど……」

どこがどういう風にとは言語化はできないので、シンプルな感想を伝える。

「えへへ、そっか。なら、よかったー」

安心したような照れ笑いを浮かべる朝日さん。

これは、今ので正解だったのか……？

選択肢が表示されて、それっぽい効果音が鳴ってくれないと全く分からない。

「全く具体的な感想じゃなくて申し訳ないけど……」

「んーん。そういうのって結局個人の感性だし、今日は隣にいる影山《かげやま》くんが直感的にでも似合ってるって言ってくれればそれが一番じゃない？」

「そ、そんなもんかな……」

「少なくとも私はそうかな。ちなみに影山くんはどんな感じかな～……？」

エスカレーターに乗ると、一段前に進んだ朝日さんが俺の服装をじっと眺めてくる。

薄いグレー系のシャツに、丈が短い薄手のジャケットを合わせただけ。

どのベースアイテムが良いのか、どのＭｏｄ《モッド》が強いのか何も分からない状態で適当に組み合わせた素人の雰囲気ビルド以外の何物でもない。

しかし、これが唯一俺に可能なフルパワーのオシャレだった。

「なるほど～……細身だからスキニーパンツは似合うよね」

「そ、そう……？　俺も自分じゃよく分からないけど……」

これ、スキニーパンツっていうんだ……！

「うん、全体的にシュッとして見えるし、暗めの色も大人っぽくて落ち着いてる影山くんの雰囲気に合ってるよね」

大人っぽくて落ち着いてる……。

根暗な陰キャをこの上なく無難に言い換えた表現のように思ってしまうのは、自分の劣等感故だろうか。

少しずつ慣れてきてはいるが、それでもこの本質的な性《さが》はなかなか変えられない。

「……ということで、総評は私に負けず劣らず似合ってると思います！」

「ど、どうも……」

とはいえ、及第点は得られたようなので一安心する。

そうこうしている間に三階──今日の目的地である専門店へとたどり着いた。

「これが噂の専門店……！」

そのスタイリッシュな店構えに、朝日さんも目を輝かせている。

「とりあえず入ろうか。あっ、そこ段差あるから気をつけて」

「ほんとだ。危ない危ない……」

入り口の改装作業に伴う小さな段差を気遣い、ポイントを一つ稼いで入店する。

「おおー……！　本当にいっぱい並んでる……！」

中に入ると、彼女は目の輝きを更にもう一段階上げる。

最終的には、ゲーミングデバイスのように七色に輝くんじゃないだろうか。

「何か見たいものはある？　俺の買う物はもう決まってるから後でいいんだけど……」

「ん～……私も特にこれってのはないし、順番に見て回ろうかな」

「了解。じゃあ、こっちからで……」

入り口から時計回りに進むルートを提案する。

店内は一般的な量販店ほど広くはないが、専門店と考えればそれなりに広い。

棚の一つ一つにデバイスが所狭しと並んでおり、圧さえ感じる。

「キーボードも色々と種類があるよねー」

「スイッチの軸の種類が色々あるメカニカルキーボードとか、逆にスイッチのない無接点方式のキーボードとかね。タッチの軽さか静音性か、それとも打鍵感を求めるのかで結構好みの差が出るから」

「なるほど〜……ちなみに、影山くんはどれが好き？」

「んー……そうだなぁ……」

ディスプレイ用に並んでいるキーボードを軽く叩きながら考える。

「やっぱりオーソドックスに赤軸かな。青軸のカチカチってクリック音としっかりした打鍵感も好きなんだけど、マイクが音を拾うのが……」

「確かに、これは結構うるさいから夜中だと隣の人に怒られたりしそうかも」

「後は無接点方式のも一度使ってみたいけど、こっちは値段がね……」

「ふむふむ……うわっ、ほんとだ！　これなんて四万円もする！　でもすっごい軽くて押しやすいなぁ……」

ちょうど手前にあったキーボードの値札を見て、朝日さんが驚く。

ゲーミング系のデバイスは、高い物だと普通に数万円を超える物が多くある。

いずれはこだわりにこだわりぬいた環境を整備したいとは思うが、流石に学生の身分でそれは難しい。

キーボードのコーナーを通り過ぎて、次の売り場へと向かう。

「おぉ……すっごい音圧……。重低音が頭の芯《しん》にまで響く～……」

「俺はそこまでじゃないけど、音響機器もこだわり出すとかなりの沼らしいよ」

ヘッドセットやマイク、スピーカーなどの音響機器。

「うわぁ……すっごぉ……これ本当に実写じゃないの？」

「そう思う人向けに……ほら、人の操作でオブジェクトに干渉する部分もちゃんと」

「未来だぁ……ここに未来がある……」

次世代ゲームエンジンのデモを流しているモニターコーナー。

「よ、よんせんきゅうじゅう……これだけで三十万円以上もするってどういうことなの……」

「普通にゲームする分には流石にちょっと過剰だけど、憧《あこが》れはあるよね」

「うん、自分で組むなら妥協したくないなー……目指すはヌルヌルの４Ｋ!!」

ＣＰＵやグラフィックボードなどの本体部品。

ＲＰＧのダンジョンでボス直《ちょく》するのではなく、全《すべ》ての道を探索するような買い物。

一人で来るのとは違う、必要のない行程も楽しむ――それは初めての体験だった。

そうして無駄なようで無駄じゃない時間を経て、ようやく目的のマウス売り場にたどり着く。

「数がすごい！」

売り場を見て、朝日さんが第一声を張り上げる。

棚の大きさは他と変わらないが、サイズの小ささもあって商品点数は一番多い。

「パソコンを使ってると、大体の人が一番長く使うデバイスだしね」

「確かに、そう言われればそうだよね。影山くんはもうどれ買うか決めてるんだっけ？」

「うん、使い慣れたやつを。家にあるのは、ホイールがかなりへたってきたから」

そう言って、吊り下げられている箱を一つ取る。

後はこれをレジに持っていくだけで、今日の目的は果たされる。

「ん～……せっかくだし私も何か買おうかな～……。なんか見てると欲しくなってきた……」

「流石にマウスは今後パソコンを買ってからの方がいいんじゃない……？　後で、もっと自分に合うのが出てきてるかもしれないし」

「それはそうだよねぇ……う～ん……あっ、そうだ！　だったら……」

マウスの並ぶ棚をじっと睨《にら》みつけていたかと思えば、今度は何かを思い出したかのようにもと来た方向へと歩き出した朝日さん。

後を追い、角を曲がると――

「じゃ～ん！　ゲーミングクッション!!」

彼女はエナジードリンクみたいな柄の入った大きめのクッションを抱えていた。

「ゲーミングクッション……？」

「うん、なんか人間工学がどうこうでゲームをやるのに最適なクッションなんだって。ほら……こうすると、後ろにもたれながら前が肘置きにもなる！」

さっき俺がデモを見ている間にでも試していたのか、目の前で実演してくれる。

すごく楽しそうだ。

「い、いいんじゃない？　それなら家でも使えるし」

なんつー便乗商品だと思いながらも、本人が気に入っているようなので何も言わない。

「うん、これなら影山くんの部屋でも使えるからいいかなと思って」

「……俺の部屋？」

何か認識に微妙な齟齬《そご》がありそうなので聞き返す。

「もちろん、今うちにゲームないし。ゲームがないのにゲーミングクッションは使えないでしょ」

何を当たり前のことを聞いているのか、と言いたげな口調で言われる。

数ヶ月後には、本当に朝日さんの私物だらけになってないよな……とか少し心配になってきた。

「まあ、それくらいなら置く場所もあるし大丈夫だけど……」

「じゃあ、これにしよーっと！」

クッションを後生大事そうに抱えて、レジへと向かう朝日さん。

未《いま》だ俺の部屋に入り浸る気でいるってことは、まだまだ男として見られていないらしい。

この買い物中にポイントをもっと稼ぐつもりが、全然ダメだったか……。

項垂れつつも彼女の後を追い、二人で順番に会計を済ませていく。

列を待っている最中に、ふと周囲の視線が俺たちの方に集まっているのに気がついた。

一瞬、何かやらかしたのかと悩んだが、なんてことはなかった。

男客が９割の空間に、これだけ光属性オーラに溢れた女子がいる物珍しさだ。

逆の立場なら俺もきっと、同じようにジロジロと見ていただろう。

改めて、彼女と自分は住んでいる世界が違うのだと思わされる。

会計を終え、店の出口へと向かう。

「これ使ってゲームするの楽しみ～！」

中身を袋越しに抱きしめている朝日さん。

あのクッションになりたいと思う男子は、世に星の数ほどいるんだろう。

「いつもより上手《うま》くなったりするかな？　ＳＥＫＩＨＹＯノーデスクリアとかできたりして！」

今にも跳び上がりそうなくらいの浮かれ気分で歩いている。

そんな彼女の姿を見ていると、俺まで何か楽しくなってきた。

だから、その存在を思い出すのが少し遅れてしまった。

「そういえば、この後――わっ！」

店の入り口にあった段差に、朝日さんが右足を取られてバランスを崩す。

「危ない!!」

とっさに手を伸ばして、彼女の腕を摑《つか》む。

これまでの人生で最大と思えるくらいの力を込めて、その身体を支えた。

なんとか間一髪のところで間に合い、転倒は免れた。

「だ、大丈夫……？」

倒れてはいないが、安否を確かめるために問いかける。

しかし、返答が来る前に、自分の手の内に生まれた未知の感触に気がつく。

俺は彼女の二の腕を、思い切り摑んでしまっていた。

前にハイタッチした時の瞬間的なものとは明確に違う、女子特有の柔らかさをはっきりと感じる持続的な接触。

自覚すると、その感触はますます生々しいものになっていく。

スポーツ選手ではあるが筋肉質というわけではなく、少し力を込めただけで潰《つぶ》れてしまいそうな柔らかさが芯を包んでいる。

しかもよくよく見れば、彼女はとっさに左足を出して自分で身体を支えていた。

流石はアスリートと感心するが、逆に言えば俺は無意味に触れてしまっただけでもある。

途端に、史上最大級の申し訳なさが襲ってきた。

どう弁明すべきかと考えようとした瞬間、異変に気がつく。

未だ問いかけに応じていない彼女の首筋には、うっすらと汗が滲《にじ》んでいた。

「……朝日さん？」

手を離して、もう一度声をかけながら顔を覗《のぞ》き込む。

彼女は目を見開き、これまでに見たことのない深刻な表情で自身の足元を見据えていた。

「ちょっと、朝日さん……まじで大丈夫？」

三度目の問いかけで、ようやく朝日さんは俺の方を見る。

しかし、その顔には普段の明るさはなく、まるで心臓を鷲摑《わしづか》みされたような憂色を帯びていた。

直感的に、ただ事ではないと理解する。

「どっか痛めたんなら、肩貸すからあっちのベンチに――」

「だ、大丈夫！　全然大丈夫！　ちょっとびっくりしちゃっただけだから！」

俺の言葉を遮《さえぎ》った彼女は笑顔を作って、何もなかったかのように振る舞い出した。

「……ほんとに？　実は痛いのを我慢してるとかじゃなくて？」

「うん、ほんとほんと。ほら、全然歩けるし。なんならターンも……ほら」

そう言って、俺の前で少し大げさに健在っぷりをアピールする。

確かにどこかを痛めている様子はなさそうに見える。

「心配かけちゃってごめん。でも、本当に何もないから」

「なら良かったけど……」

一安心はするが、さっき見たあの顔がまだ脳裏にこびりついている。

あれは一体、何だったんだろう。

本当に何もなかった人が、あんな深刻な表情を見せるだろうか……。

「それよりさ。次はどこ行く？」

未だ残る疑念について考えていると、何事もなかったかのようにそう尋ねられる。

「え？　次って？」

約束は買い物だけで、それが終わったら解散だと思っていた。

当然、そこから先の予定なんて何も考えていない。

「次は次でしょ。せっかくここまで来たんだから、もっと遊びたくない？　明日もまだ休みだし」

「でも、朝日さんは明日もテニスの練習があるんじゃ……？」

「大丈夫、大丈夫！　それはそれ、これはこれ！　ということで、この近くにどっか良さげなところない？」

「あっちにゲーセンならあるけど……」

「ゲームセンター！　それは良き提案！　行こ行こ！」

そう言って、今度は彼女が俺の腕を摑んで引っ張り出す。

それはまるで、さっき俺に見せてしまった自分を誤魔化《ごまか》すような行動にも思えた。

けれど、本人が大丈夫と言っている以上は追及もできなかった。

自分の考えすぎだったのかもしれないと一旦《いったん》、疑念に蓋をした。

＊＊＊

店の前から二分ほど歩き、目的のゲームセンターに到着する。

業界的にはなかなか厳しい状態が続いているとは聞くが、連休の夕方ということもあり、大勢の客で賑わっていた。

「おー……結構本格的なゲームセンターだね！」

大手の系列店ということもあり、種々の筐体《きょうたい》が沢山並んでいる。

入り口付近には客寄せ用のプライズコーナーやプリクラが並び、その少し奥にはカジュアルなファミリー向けや協力プレイの体感型ゲーム。

一番奥にはコア層向けの音ゲーや格闘ゲーム、ネットワーク通信対応の大型筐体なども。

「そうだね。朝日さんは普段も来る？　クラスの友達……例えば、日野《ひの》さんとかと」

いくつも重なった電子音に負けないように、少し声を張り上げる。

「ん～……絢火《あやか》は基本的にこういうところあんまり来ないかなー。他の子ともプリを撮ったりすることはあるけど、ゲームで遊んだりってのはほとんどないかも」

「へぇ……逆に俺はゲーセンならＤ組の風間《かざま》とか金田《かねだ》とたまに行くけど、プリクラは人生で一度も撮ったことないなぁ」

本当にあらゆる面で真逆だな……と考えていると――

「じゃあ、せっかくだし撮ってみる？」

ＰＣゲーマーがクソゲーの返金申請をする時くらいの軽いノリで、そう言われた。

「……何を？」

「プリを」

「……誰が？」

「二人で」

「……なるほど」

その後、気がついたら加工マシマシな俺たちのシールが生成されていた。

「あっはっは！　この顔やばー！　見て！　二人ともやばくない？」

出てきたシートを手に、コロコロと笑っている朝日さん。

「人としての尊厳を 弄《もてあそ》ばれたような気がする……」

「ごめんごめん。つい調子に乗って盛りすぎちゃった。はい、これはんぶんこね」

半分にカットされたシートの片割れを手渡される。

そこにはとんでもなく大きな目で、真っ白な肌の俺たちが写っていた。

「ぷっ……くく……」

笑わないつもりでいたはずが、つい込み上げてしまう。

「あー！　なんだかんだでそっちも笑ってるじゃん！」

「いや、だって……これは流石に……」

「罰としてスマホに貼《は》ってやる……！」

「それはまじで勘弁してください……」

そんなものを誰かに見られたら二重の意味で大惨事になる。

しばらく続いたじゃれ合うような攻防の後、今度はゲームコーナーに移動する。

最初に訪れた体感型ゲームのコーナーで、彼女の人間性能の高さを改めて思い知らされた。

ガンシューティングをはじめ、基本的にコンティニューが前提になっているゲームを持ち前の動体視力と反射神経を以て、ワンコインで軽々とクリアしていく。

俺はそんな彼女の足を引っ張らないようにするので精いっぱいだった。

なんとか意地を見せようとしたエアホッケーに関しては、結果を語りたくもない。

どんなに大勢の人が居る場所でも、彼女は常に一際《ひときわ》目立つ輝きを放っていた。

「なあ、あの子めっちゃかわいくね？」

だからなのか時折、周囲からそんな言葉も聞こえてきた。

「うおっ、まじだ。でも彼氏連れじゃん」

「いや明らかに釣り合ってねーし、身内か何かだろ」

「じゃあ、お前声かけてみろよ」

「無理、勝てない戦いはやらない主義だから」

俺はそんな声が気になって仕方がなかったが、彼女は全く気にしてもいない。

「次はあれやろ！　ほら、早く早く！」

部屋でゲームをやっている時と同じ様子で、光を振り撒《ま》きながら手を引いてくれる。

そうしてたっぷりと遊び疲れた後は、プライズコーナーで景品を乱獲した。

「あ～……もう、これアーム弱すぎぃ……」

その総仕上げとして俺たちは、入り口付近にある一番の目玉景品『でっかわ』のぬいぐるみを狙《ねら》っていた。

女子中高生を中心に絶大な人気を誇るキャラで、ご多分に漏《も》れず朝日さんも好きらしい。

しかし、既に二人で二千円は投資しているが未だ全く取れそうな気配がない。

なんとなく惜しそうなところまではいくが、絶妙な調整によってあと一歩が届かない。

流石は客寄せの人気景品というべきか、かなり露骨に絞られている。

「じゃあ、次は俺が……」

「お願い！　取れなかったら今日の夢に見ちゃいそう！」

朝日さんと交代して、コインを投入する。

最初はどちらが取れるかで競争していたが、今は俺たち二人と『でっかわ』の戦いになっていた。

バイトのおかげで高校生としては潤沢な資金を持っているが、流石にそろそろ決めないと懐《ふところ》がまずい。

慎重に距離感を読み、まずは横方向にアームを操作する。

「……よし」

操作にもかなり慣れ、狙ったところでピタリと止められた。

「あれ？　ちょっと行きすぎてない？」

「いや、大丈夫……これで狙い通り……」

これまでの十回以上の試行で、こいつに正攻法は通用しないと理解した。

持ち上げるには、アームのパワーが明らかに足りていない。

一度大きく呼吸をして、縦方向の操作ボタンを押す。

軽快なBGMとともに、アームが縦に動いていく。

狙うべきは本体ではなく……輪っかになっているタグの部分!!

ボタンを離すと同時に、開いたアームが降りていく。

高校受験の時よりも頭を使って調整したアームの先端は、するっとタグの中に吸い込まれていった。

「あっ……中に入った……！」

横で朝日さんが感嘆の声を上げるが、まだ安心はできない。

下まで降りきったアームが閉じ、上部へと戻っていく。

ここでタグが上手いこと接合部の出っ張りに……よし、引っかかった！

巨大なぬいぐるみが、宙に浮く。

そのまま排出口の真上にまで運ばれ……

――ガコン。

と音を立てて、取り出し口に落下した。

「……っしゃあ!!」

思わず渾身のガッツポーズが出る。

「取れたー！　すごい！　すっごーい！」

朝日さんも興奮気味に俺の腕を摑んで、跳ねるように喜んでいる。

ようやく、なんとか男の意地を見せられたような気がする。

勝利の余韻に浸りながら、取り出し口から戦利品を取り出す。

「はい、これ」

「えっ？」

手にしたぬいぐるみを、そのまま朝日さんへと手渡す。

「いや、欲しそうにしてたからさ……」

「……いいの？」

「まあ、俺が持ってても仕方ないし……今日、無理言って予定を空けてもらったお礼も兼ねてというか……」

とても俺の柄じゃない言葉が出てくる。

苦戦の果てに得た勝利の興奮で、頭の中に変な物質が分泌されているのかもしれない。

「そういうことなら貰《もら》っちゃおっと！　えへへ、ありがと〜！」

そう言って、朝日さんが受け取ったぬいぐるみに顔を埋めた時だった。

――パチパチパチ……。

周囲から小さな拍手の音が響いた。

辺りをグルっと見回すと、ギャラリー……という程ではないが、他のお客さんたちが何組か俺たちを見ていた。

どうやら気づかない間に、人気の大型景品と戦う俺たちを見守る流れができていたらしい。

「見て、あれ。すっごい微笑ましくない？」

「青春してんなー」

「絶対、付き合いたてで一番楽しい時期だよね。あのままスレないではしいなー……」

「ああいうの見ると、学生時代に戻りたくなるよねー」

その何か微笑ましいようなものを見る目線に、羞恥心が一気に噴き上がってくる。

流石の朝日さんも恥ずかしいのか、隣で顔を赤らめていた。

「そ、そろそろ行こうか……」

「う、うん……」

居たたまれなくなり、拍手してくれた人たちに軽く会釈をしながらその場から立ち去る。

けれど、俺たちは迫りくる本当の脅威の存在にまだ気づいていなかった。

逃げるように歩き出した俺たちの前に、何かが行く手を遮るように立《た》ち塞《ふさ》がる。

長く真《ま》っ直《す》ぐな黒髪に、眼鏡《めがね》の向こうで燃え盛っている火属性の眼光。

バグ利用でスキップしたはずのボス——日野絢火が、何故《なぜ》かそこにいた。

第5話　共犯者

「あ、絢火《あやか》……？」
「ひ、日野《ひの》さん……？」
二人で揃《そろ》って名前を呼ぶと、半ば睨《にら》まれるような視線を向けられて身体が硬直する。
なんでこんなところに日野さんがいるんだ……？
さっき、ゲーセンとか来ないタイプの人だって朝日《あさひ》さんが言ってたよな。
実は可愛いもの好きで、プライズのぬいぐるみでも狙《ねら》いにきてた？
いや、手に持ってるのは近くの書店の袋だな……。
そういえば、あそこは参考書の品揃えが豊富だって聞いたことがある。
わざわざ遠出して買いに来るなんて優等生かよ。優等生だったわ。
気分はまるで、スキップしたボスからバックアタックを食らった感じだ。
てか、これって完全に二人で遊びに来てるのがバレたよな……。
どうしよう、絶対に迷惑だけはかけないようにって思ってたのに……。
動かない身体に反して、思考はやたらと回っていた。

一帯に電子音が鳴り響く中、俺《おれ》たちの時間だけが止まったように沈黙が続く。

自律神経に異常をきたし、嫌な汗が背中をだらだらと伝っている。

隣では、朝日さんも気まずそうな表情で口を真一文字に結んでいる。

そうして、相対してからしばらく無言の時間が続いた後――

「……どういうことなの？」

騒音の中でもよく聞こえる声で、多くの意味が込められた疑問の言葉が投げかけられた。

「ええっと……説明するのは少し難しいんだけど、今ここにいるのは単に買い物帰りの寄り道というか……」

「……なんで貴方と光《ひかる》が二人で？」

色々と省かれているが、身の程を知れというニュアンスは何となく理解できた。

「実はちょっとした共通点があって……それでほんの少しだけ一緒に遊ぶようになって……」

誰《だれ》かにこの交流がバレるのだけは、避けなければならないはずだったのに。

二人で遊ぶのが楽しくて、浮かれに浮かれすぎて背中ががら空きになっていた。

「で、でも……！　朝日さんのキャリアを傷つけるようなことは何もないから！　これだけは本当に！　誓って言える！」

必死に弁明をする。

現時点でこそ明確な敵意を向けられているが、相手が日野さんならまだ理性的な話し合いができる。

彼女も友人として、朝日さんの不都合になることは避けたいはず。

これがもし桜宮《さくらみや》さんみたいな他の一軍女子なら間違いなく、連休明けの校内ニュースのヘッドラインを飾っていた。

「……って彼は言ってるけど、実際はどういう関係なの？　なんでこんなところに二人きりでいるの？」

俺から視線を外した日野さんが、今度は朝日さんへと問いかける。

「別に……絢火には関係ないじゃん……」

いや、そこは普通にただの友達ですって言ってくれた方が……。

「関係あるから聞いてるんでしょ。私、光希《みつき》さんから頼まれてるんだから。光がテニスに集中できるように、学校で妙なのと付き合わないか見といてって」

「そんなの……お母さんが勝手に言ってるだけで、私は知らないし……。てか、影山《かげやま》くんは別に妙なのじゃないし……」

「光……もしかして、今日もまた練習サボってないよね？」

な、何か俺の全く知らない別の爆弾《ばくはつ》が爆発しそうなんだけど……。

「さ、サボってない……」

「本当に？」

「朝の練習はちゃんと出たもん……」

「朝だけ？ 前までは大会が近いといつも夜までやってたのに？」

その質問に、朝日さんは何も答えなかった。

練習をサボってた？ そんな話、初耳だけど……。

や、やばいやばい……俺をきっかけに話が、かなりやばい方向に転がり出している。

「今年は大事な年なんだって、ずっと前から言ってたのは光でしょ？ こんなところで、遊んでる余裕なんてあるの？」

「別に、一日くらい休んだって……そんなに変わんないし……」

「本当に一日だけならね……」

日野さんの強い語勢に、朝日さんはばつが悪そうに目線を逸らす。

「どうしたの……？ 最近、練習にも全然身が入ってないって光希さんにも言われてたから心配してたのに……」

「別に、そんな大げさなことじゃ……」

「とにかく、このことは光希さんにも報告させてもらうから」

「な、なんで！」

「なんでって当たり前でしょ。練習サボって……よりによって男と二人で……」

「だから、私が何をしてても絢火には関係ないって言ってるでしょ！ 何も知らないのに――」

「ちょ、ちょっと待った‼　ストップ‼　二人共、一旦《いったん》落ち着いて‼」

爆弾の導火線があと1ミリのところで、二人の間に割って入る。

勇者とドラゴンの戦いに乱入したおおなめくじでしかないが、それでもこれは流石に止めなければまずいと思った。

俺が発端で、あれだけ仲の良い二人の関係に亀裂が入るのは避けたい。

「と、とりあえず場所を変えない……？　ここは周りに人も大勢いるし……」

まだそこまで注目を浴びているわけではないが、何を言い合っているのかと足を止める人はちらほら出ている。

女2男1の構図で、俺が修羅場《しゅらば》ってるクズ野郎だと思われるくらいならまだ良い。

もし別の同級生に見つかりでもすれば、今度こそ完全に収拾がつかなくなる。

「そ、そろそろ良い時間だし……ここは夕食でも食べながら落ち着いて話をした方が……。実は、ちょうど近くに美味《お》しい蕎麦屋があって……ど、どうかな？」

それだけで体力ゲージが吹き飛びそうな鋭い眼光に、ギロッと睨まれる。

相変わらず、俺に対する視線には敵意が含まれている。

しかし、彼女も流石にここで続けるのはまずいと思ったのか、俺の必死の提案を受け入れてくれた。

そうして三人が微妙にバラバラな状態で、上階のレストランフロアへと向かう。

移動している最中も二人はずっと無言で、俺の心臓はいつ止まってもおかしくないような緊張状態が続いていた。

「て、天ぷらそばを一つお願いします……」

「私も同じもので」

「……私も」

それは店に入って、席に着いても変わらなかった。

俺が避けるべきだと考えていた事態よりも、更に数段は重苦しい空気が場を支配し続けている。

とはいえ、このまま黙っているわけにもいかないので恐る恐る話を切り出す。

「えーっと……それでは俺から少し話をさせて頂いてもいいでしょうか……？」

「勝手にすれば？」

ひぃ～……怖い怖い……。

「まず、元はといえば俺が朝日さんを誘ったのが全《すべ》ての発端でして……」

「……で？」

「だから、この場は悪いのも全部俺ってことで収めてくれないかな……？　特に今日のことを朝日さんのお母さんに報告するってのは、一旦保留にしといてもらえるとありがたいかなーって……」

「な、なんで影山くんが悪いってことになるの……？」

「いや、俺が誘ったのは紛れもない事実だし……」

「でも、お昼の練習を休んだのは私が決めたことだから影山くんとは関係ない」

誰かが責任を被るのが一番丸く収まる。

という処世術をこれまで使ったことがないのか、何故《なぜ》か朝日さんの方が抵抗してくる。

「誘われたのが理由じゃないなら、なんでサボったの？」

「それは……」

日野さんの質問に、朝日さんはまた言い淀《よど》む。

どうやら、そこを突かれるのが朝日さんとしても一番辛《つら》いらしい。

本当に練習をサボったというのなら、その理由は確かに俺も気になる。

でも、本人が聞かれたくないと言うのなら、せめて発覚の原因になった自分だけは味方になってやらないといけないいんじゃないかと思う。

「ま、まあまあまあ……誰にだってそういう時くらいはあるんじゃない……？　俺なんて親がいないのを良いことに、自分で学校に電話かけて仮病でサボったこともあるし……」

二人から流石にそれはどうなんだ的な視線を向けられる。

「光をそんなのと一緒にしないでほしいんだけど」

「そ、それはもうごもっとも！　でも、あくまで一般論的な話で……誰にでもそういう気分になる時はあるんじゃないかなーって……」

「どうなの？　光」

「それは……」

ここはそういうことにした方がいいって。

朝日さんに向かって、顔の僅かな動作で言外に意思疎通を行う。

「ん……そう、影山くんの言う通り……そういう気分だっただけ……」

「本当に……？」

「うん……ちょっとしんどかったから、それで……」

蚊の鳴くようなか細い声で、朝日さんが答える。

何とか通じたけど……でもこれ、絶対他に理由あるよなぁ……。

とは思いながらも、無条件の味方であることを選んだ以上は何も言わない。

委員長も当然、それを察してはいるだろう。

けれど、俺は二人が本当に仲が良いのも知っている。

「じゃあ、今日だけで明日からは大丈夫だっていうなら誰にも言わない」

彼女は大きく溜息《ためいき》を吐き出すと、思っていた通りに友人へと妥協点を示した。

「……ほんとに？」

「もし今度またサボったって聞いたら、流石にもう庇《かば》えないけどね」

「うん、大丈夫……明日からはちゃんとするから……ごめん、ありがと……」

本当だといいけど……とでも言いたげに、日野さんがまた息を吐き出す。

とりあえず、最悪の事態は避けられた……ということでいいんだろうか。

ほっと胸を撫で下ろしたところで、店員の人が注文の品を運んできた。

「ほ、ほら！　蕎麦も来たし、食べよう食べよう！　ここは本当に美味しいから！」

さっきの話を蒸し返されないようにと、少し過剰に振る舞ってみせる。

「ほんとだ。美味しい……」

早速一口食べた朝日さんが、少し表情を和らげて感想を述べる。

俺も箸を取って、最後に運ばれてきた自分の分に手をつける。

「で……食べながらでいいから、もう一つ聞きたいことがあるんだけど」

俺が一口啜《すす》ったところで、日野さんがまた何かを切り出してきた。

視線を上げて、目で『なんでしょうか？』と答える。

「二人は付き合ってるの？」

「ふごっ!!」

口に含んでいた蕎麦を危うく吹き出しかけた。

「か、影山くん!?　大丈夫!?」

「だ、大丈夫……！　ちょっとびっくりしただけで……」

680

心配してくる隣の朝日さんを手で制して、蕎麦を飲み込む。

まさかその角度から抉《えぐ》り込まれるとは思わなかった。

「……で、どうなの？　付き合ってるの？」

「ないないない！　俺と朝日さんが⁉　ありえない‼」

「じゃあ、なんでこんなところまで二人きりで遊びに来てるの？　さっき言ってた共通点って何？」

「えーっと……それは……」

チラッと朝日さんの方を一瞥《いちべつ》する。

彼女も俺と同じく、困ったようにこちらを見ていた。

流石に、ゲームのために俺の部屋に入り浸っていたなんて知られるわけにはいかない。

下手すればさっきの話が、数倍に膨れ上がって再燃する可能性もある。

「じ、実は……朝日さんのお兄さんと俺が友達で……」

だから、ここは思い切り嘘《うそ》を吐かせてもらうことにした。

「大樹《たいじゅ》さんと？」

流石に小学校からの付き合いなので、朝日兄の存在は知ってくれていた。

「そ、そう！　大樹さんと！　それで今日も本当なら三人で買い物に来る予定だったんだけど……待ち合わせの時間寸前に急用が入ったって連絡があって来られなくなって……。それでもせっかく集まったんだから今日は二人で遊ぼうかってことに……」

「う、うん……そうそう……お兄ちゃんがそんな感じなのは、絢火も知ってるよね？」

Ｉｔ Ｎｅｅｄｓ Ｔｗｏで磨いた意思疎通能力を使って、二人で示し合わせて嘘を作る。

日野さんは蕎麦を啜りながら、ジトッと訝《いぶか》しむような目線を俺たちへと向けている。

「まあ、大樹さんならそんなこともあるのかな……大樹さんだし……」

日野さんが、呆《あき》れるように納得してくれる。

完全に信用してくれたわけではなさそうだけど、とりあえず急場は凌《しの》げた。

ありがとう、そんなことをしそうであってくれた大樹さん。

好感度を下げてしまったのは、今度何かで埋め合わせさせてもらいます。

そうして、三人で天ぷらそばを食べ終わる頃には、朝日さんと日野さんはいつもの関係に戻っていた。

いつもの教室での風景と同じように、俺が立ち入る隙もない仲の二人に戻ったのを確認して、またほっと胸を撫で下ろす。

建物を出る頃には、時刻は七時を過ぎて外はすっかり暗くなっていた。

当然、ここから全員が同じ方向に帰るので同じ電車に乗る。

しかし、ここでまたも誤算が一つ。

近場の朝日さんが先に降車し、車内には俺と日野さんが残されてしまった。

何か話すわけでもなく、ただ電車の走行音だけが響く重苦しい沈黙が続く。

気まずい……気まずすぎる……。

「影山くん」

そんな静寂を最初に破ったのは、彼女の方からだった。

「は、はい！　なんですか⁉」

「君……さっき嘘ついたでしょ？」

何の駆け引きもなく、いきなり放り込まれた言葉には心当たりしかなかった。

「え？　な、なんのこと？　う、嘘なんてついたかな……？」

「ほんとに……二人揃って分かりやすすぎ……」

今日、何度聞いたかも分からない呆れ口調で言われる。

「ぜ、全然心当たりないけどなあ……」

もう明らかに露見してしまっているが、それでも必死の抵抗を試みる。

「数学の試験の問1よりも簡単だったのに？」

「いや、俺からすればそれは十分難問だけど……」

「でも……光のことを想《おも》っての嘘だったみたいだし、今日のところは見逃しといてあげる」

そう言って日野さんが微《かす》かに笑った直後に、電車が停車する。

「じゃ、私ここで降りるからまた学校で」

席から立ち上がった彼女が、開いた扉から出ていく。

そうして車内には大量のプライズとゲーミングクッションが入った袋を持った男だけが残された。

火属性の日野さんとの初対戦は……まあ、引き分けってことにしとこう。

＊＊＊

自宅に着き、スマホを確認すると朝日さんからメッセージが届いていた。

『今日は変なことに巻き込んじゃってごめんね』

文字からも、いつもの明るさがないのが微かに伝わってくる。

椅子《いす》に座り、どう返信すべきなのかをしばらく考える。

下手に気を使わせたくないよなと、書いては消してを繰り返し――

『とりあえずは丸く収まったみたいだし。楽しかった分と差し引きでプラスってことで』

結局、また柄にもないことを言ってしまう。

『ありがと。私もすごく楽しかった』

すぐに既読が付いて、返事が返ってくる。

もう一度、椅子に深く腰を掛けて、それにどう返すべきかを熟考する。

明日からはテニスの練習を頑張って。
日野さんにもあんまり迷惑かけないように。
いくつかの真面目《まじめ》な言葉が思い浮かんだのを、すぐにかき消す。
よく考えなくても、俺はそんな上から目線の言葉を言えるような人間じゃない。
『サボりたくなったら、またいつでもうちに来てくれていいから』
だから、下の立場として『また』という言葉を初めて俺の方から告げる。
今度もすぐに既読が付くが、返答は返って来ない。
流石にあれだけ詰められたら、もう来る理由もないか……。
そう思って、スマホを机の上に置こうとした時だった。
通知音が鳴り、新しいメッセージが表示される。
『じゃあ、今度の土曜日にゲーミングクッションの座り心地を確かめに行こうかな』
その内容に思わず苦笑してしまう。
今度は考えずに、すぐに返信内容を入力する。
『了解。サボりのプロとして、最高の環境を用意しとく』
送信ボタンを押し、スマホを机の上に置く。
「日野さんには死ぬほど恨まれそうだな……」
独《ひと》り言《ご》ちながら買い物袋からクッションを取り出し、いつもの場所に設置しておいた。

第6話　光とテニス

連休が明け、待ちに待った学園生活が再開された。

心躍る数学の授業に、仲間と三人で過ごす昼休み、更には中間試験も間近に控えている。

充実した日々！　薔薇色の青春！　素晴らしき哉《かな》、人生‼

そう思わなければやっていられない憂鬱《ゆううつ》の中、俺《おれ》は教室で死んだように過ごしていた。

「この辺は共通テストでもよく出るし、来週の試験にも出すからちゃんと覚えとけよ」

教壇で、担任であり世界史の担当教員でもある多井田《たいだ》先生が言う。

特に来週の試験に関しては何も考えたくない。

俺の成績は、入学直後をピークに下降の一途をたどっている。

最初はギリギリ平均前後で推移していたものの、今や下から数えた方がかなり早い。

しかも、試験の順位は掲示されて全校生徒に公開されるという地獄。

考えれば考えるほど更に憂鬱な気分になり、授業に身が入らなくなる悪循環に陥《おちい》る。

昼休みになる頃には、『おおなめくじ』から『くさった死体』へのクラスチェンジを果たしていた。

ただそんな中でも一つだけ良かったと思えたのは、朝日《あさひ》さんと日野《ひの》さんがいつも通りに接していたこと。

「絢火《あやか》ー、ご飯行こー！」

「急かさないでよ……まだ片付けてるところなんだから……」

もしかしたらまだわだかまりが残っているかもしれないと思っていたので、一安心する。

しかし、一昨日届いた朝日さんのメッセージから察するに、まだ根本的には何も解決していない。

以前に見たテニスをしている時の彼女は本当に心から楽しそうに見えた。

そんな人が俺みたいに、ただダルいというだけの理由で練習をサボるとは思えない。

だったら人間関係で何かあったんだろうか……？

いや、それも朝日さんの性格からすると考えづらいし、対人関係のトラブルなら何かそういう話が多少は聞こえてくるはずだ。

「……となるとさっぱりだなぁ」

机に突っ伏して、他の人に聞こえないように独り言ちる。

彼女は依然として何かしらの問題を抱えているように思えるが、それが何なのかはさっぱり分からない。

俺は彼女のサボりを後押しこそしたが、多少関《かか》わってしまった者として根本の問題を解決したい想《おも》いも少なからずある。

とはいえ、所詮俺はまだ一ヶ月程度の付き合いのゲーム友達でしかない。

詳しい事情を知る由もなければ、余計なお世話だと言われればそれまでだ。

それを知るために上手《うま》く立ち回れる人間なら、今こうして陰キャオタクをやっていない。

結局、どれだけ考えても埒《らち》が明かないまま、その日の授業は終わった。

放課後になり、今日も依千流《いちる》さんの手伝いへと向かうために足早に教室を去る。

校舎を出て、正門へと向かって歩いていると——

「ねえ、正門のところにいた人見た？」

「見た見た。すっごい格好良かった」

ふと、反対側から歩いてきた女子二人組の会話が聞こえてきた。

「背も高かったし、モデルとかやってそうな感じだったよね」

「校内じゃ見たことないし、どこかの大学生かな？　誰《だれ》かの彼氏だったら羨《うらや》ましいな〜……」

私もあんなイケメンの彼氏欲しい〜……」

「でも、なんか変なシャツ着てたのはちょっとなくない？」

「着てた着てた！　あれ何なんだろうね」

声を弾ませながら、俺の横を二人が通り抜けていく。

……なんだか無性に嫌な予感がする。

どうか杞憂でありますようにと、祈りながら改めて正門へと向かう。

しかし、その祈りはあっけなく打ち砕かれた。

授業を終えた生徒たちが行き交う正門前に、その人はいた。

門の支柱に背を預けるように立っている長身の男性。

二十歳、東帝大学二年。

趣味はゲームとプログラミング、好きなシャウトは激しき力。

朝日光《ひかる》の兄――朝日大樹《たいじゅ》が何故《なぜ》かいる。

ひょっとして妹の迎えかと考えた直後に、顔を上げた大樹さんと目が合う。

「おっ、やっと来たか‼」

「ど、ども……何してんすか？　こんなとこで……」

「どうもこうも、お前を待ってたんだよ」

「お、俺を？　どうしてですか……？」

何か約束でもしただろうかと記憶をたどるが、全く身に覚えがない。

そもそも、連絡先を交換してもいないので当たり前だ。

「まあ、なんつーか……ガン攻めチャートっていうか……まずは外堀からっていうか……」

何か、どこかで聞いた覚えがある言葉だな……。

「とにかく、俺はお前と仲良くしようって思ってるわけよ。趣味も合うしな」

「は、はぁ……」

「とりあえず、こんなところで立ち話もなんだからどっか行くか。あっ、そういえば……お前のバイト先って飯屋だったよな。なんか無性に腹も減ってきたし――」

「……そんなに依千流さんと接点を持ちたいんですか？」

あまりにも回りくどいので、単刀直入にこっちからぶっ込んだ。

「な、ななな……なーにを言ってんでい！」

「流石にそこまで露骨だと分かりますって……」

そもそも前回会った時に、依千流さんに一目惚《ぼ》れしていたのも明らかだった。

「ば、ばっかやろう！　ろ、露骨⁉　俺が水守《みなもり》さんに一目惚れして、どうにか近づきたいと思って、まずはお前を懐柔しようとかそんなこと考えてるわけねーだろ‼」

「いや、そこまでは言ってないですけど……」

ここまで来ると、露骨とかそういうレベルを通り越している。

「でも、だからといってこんなところで俺を待ち伏せしてまで近づきたいとか……一歩間違えたらストーカーですよ……？」

依千流さんに惚れた人はこれまで沢山見てきて、まずは従弟《いとこ》の俺から懐柔しようとした人も何人かいた。

けれど、学校にまでやってきた人は流石に初めてだ。

「そ、そうなのか⁉」

「そう受け取る人もいるでしょうね」

そこまで思慮が及んでいなかったのか、大樹さんは滝のような汗を流し始めた。

単純なだけで悪い人ではないだろうし、朝日さんのお兄さんなので邪険にもしたくない。

けれど、依千流さんに近づけて良いかと言われれば、正直かなり微妙なところだ。

基本スペックはめちゃくちゃ高いのに、要らん特殊能力が乗りすぎて使いづらいキャラっていうか……。

「ど、どうかこのことは内密にしてくれ……‼」

「ちょ、ちょっと……こんなところでやめてくださいよ……」

土下座しそうな勢いで頭を下げてきた大樹さんを押さえる。

「それもこれも全部、選択肢が表示されない現実ってやつが悪いんだ‼」

「分かった！　分かりました！　とりあえず、顔を上げてくださいって！」

周囲の生徒たちも、何事かと注目し始めている。

二日連続で余計な注目を浴びるのは勘弁願いたい。

その後、時間をかけて宥《なだ》めて、なんとか大樹さんを落ち着かせた。

「す、すまん……少し取り乱しすぎた……」

「ほんとに、勘弁してくださいよ……」

正門から少し離れた人気のない場所で、ようやく一息つく。

「てか、依千流さんと会いたいなら一人で行けばいいじゃないですか。客として行く分には、いくらでも歓迎してくれますよ」

大樹さんだけでなく、依千流さん目当てで足繁く通っている男性客は他にも大勢いる。

今更一人や二人増えたところで、彼女は特に何も思わない。

むしろ、純粋に客が増えて喜ぶだろう。

「いや……一人で行くのは、ちょっと……なんつーか……」

「なんですか？」

「心細いだろ……？」

な、情けねぇ……。

あまりの情けなさに、その精悍な顔つきも少し残念な感じに見えてきた。

最初にこの人を見た時の俺の評価を返してほしい。

「まあ、連れて行くくらいならいいですけど……ちゃんとお金を落としてくれるなら」

「ほ、本当か……⁉」

「はい、ただ……その代わりにお願いというか……」

「お、おう！　なんだ！　何でもするぞ⁉」

「朝日さんのことで、少し話を聞かせてもらってもいいですか？」

これ以上踏み込むのは余計なお世話かもしれない。

けれど、大樹さんが今日ここで俺の前に現れたのは何かの天啓のようにも思えた。

「朝日さんって、光のことか？」

「はい、そんな大したことじゃないんですけど……」

「乳のサイズか？　だったら、今度家に帰った時にあいつの部屋に忍び込んで調べてやっけど」

「ちげーよ！」

この人を依千流さんに近づけていいのか、本気で考える必要があるかもしれない。

「テニスです、テニス。朝日さんってテニスすごく上手いじゃないですか。いつ頃からやってたら、あんな風になれるのかと思って」

「なんだ、そんなことかよ。いつ頃から……そうだなぁ……」

大樹さんは残念そうにそう言うと、腕を組んで思案し始めた。

「それこそ喋《しゃべ》るよりも先に、テニスボールで遊んでたんじゃねーかな」

「そんなに前から？　何かきっかけとかあったんですか？」

「きっかけも何も……うちのお袋が元々プロのテニス選手やってたからだろ」

「えっ⁉　ぷ、プロ……⁉　朝日さんのお母さんが⁉」

「なんだ、そんなことも知らなかったのかよ。結構有名だったみたいだし、旧姓の高山光希《たかやまみつき》でググれば出てくんじゃね？」

言われてすぐにスマホを取り出して、その名前で検索してみる。

「ほんとだ……」

検索結果の一番上に、女子プロテニス選手『高山光希』のWikipediaが表示された。

タップして、内容を詳しく読んでみる。

朝日さんと同じように、ジュニア時代から有名クラブに所属して第一線で活躍。

全日本ジュニア選手権をはじめ、多くの国内タイトルを獲得。

大きな期待を背負って高校卒業と同時に十八歳でプロ転向し、その年に予選を突破して四大大会の本戦にも出場。

二十歳ではツアー初優勝を成し遂げ、世界ランキングでトップ50入りも果たした。

朝日さんもきっと、これから同じような道を歩んでいくんだろう。

そう思わせるような、誰が見ても順風満帆なアスリートとしてのキャリアがそこには連なっていた。

しかし、その華々しい活躍は直後のある記述を最後に途絶えていた。

二十一歳の夏に、試合や練習によるオーバーワークが祟《たた》って左膝《ひざ》を故障。

以後、長期にわたってリハビリを続けるも、選手としては復帰できずに引退。

メディア等への露出も避けるようになり、今は地元のテニスクラブでコーチとして活動しているとだけ記されていた。

「全然、知らなかった……」

「ってわけで、こ～んなにちっせぇガキの頃から母親の英才教育を受けてるわけよ」

「それって……嫌々やらされてたとか、そういう感じではないんですか？」

母親が自分の夢を子に託して、厳しく指導するなんてのはよく聞く話だ。

もしかしたら、それが今の彼女の心情に繋《つな》がっているのかもしれない。

そう考えて、少し突っ込んで聞いてみるが——

「嫌々？　そりゃねーな。うちのお袋はそういうタイプじゃねーし」

考える素振りもなく、即断で否定される。

「なんなら俺が止める時も、別に何も言われなかったしな」

「え？　大樹さんもテニスやってたんですか？」

「中学までな。一応そこそこのとこまではいってたけど、よく考えりゃ俺って別にスポーツ好きじゃねーなって思って止めた。そん時もお袋は、俺の好きなようにすればいいってスタンスだったからな」

「じゃあ、朝日さんは子供の時からずっと、自分の意思でテニス漬けだったんですか？」

「あいつの内心までは分かんねーけど、多分そうなんじゃね。ON／OFFの切り替えははっきりしてるやつだけど、ONの時はそりゃ寝ても覚めてもテニステニステニスの全身テニス人間だよ。あいつからテニスを取ったら何も残らねーだろうな」

「いや、他にもかなり色々と残るとは思いますけど……」

とはいえ、ずっと近くで見てきた兄の言葉はかなり貴重だった。

ただ、そこまでテニスに情熱を持っていた人がどうしてサボったりしたんだろう。

やっぱり、単純に今は疲れてＯＦＦの状態が続いているだけなんだろうか……。

「で、こんな話聞いてどうすんだ？」

妙なことを聞くなと思われているのか、ジトッと訝《いぶか》しげな視線を向けられる。

「い、いや……何かを成し遂げるような人って、やっぱり小さい時からすごい努力をしてるんだなーって……改めて確認したかったというか……」

正直に話そうかとも考えたが、とりあえずはその場しのぎの適当な嘘《うそ》で誤魔化《ごまか》す。

あの時、朝日さんは母親にもサボったことを知られたくなさそうにしていた。

となると、同じ家族である大樹さんにも今はまだ言わない方がいいだろう。

「あっ、そう。別になんでもいいけど話してやった分だけ、お前も水守さんの前で俺のことを良く言えよ」

だったら褒められるようなところを見せてくださいよ。

とは、教えてもらった手前では言えなかった。

そうして聞き込みは一旦《いったん》中止し、水守亭へと向かうために移動し始める。

「そういえば、話が変わるんですけど……それってルールレスダンジョンのシャツですよね」

改めて、隣を歩いている大樹さんの姿を見る。

デニムのパンツに、長袖《ながそで》のシャツが一枚だけのラフな出で立ち。

それだけでも絵になる人ではあるが、シャツにはでかでかとキャラクターがプリントされている。

前に、俺が大樹さんに好きなタイトルを聞かれた時に答えた作品のキャラだ。

「おう、いいだろこれ」

裾《すそ》を摑《つか》んで、よく見えるように恥ずかしげもなく広げてくれる。

色彩豊かな彩《いろど》りの髪の毛に銃とチェーンソーを持った少女。

パンクガール——ゲーム開始前に選択する操作キャラの一人。

百万本売れたような超大型タイトルではないが、このキャラはやたらと人気が出て、ＳＮＳでファンアートなども結構見かけた。

それがまさかグッズにもなっているのは、流石に知らなかった。

「それ、どこで買ったんですか？」

「ん？　買ったんじゃなくて作ったんだよ」

「作ったって……それ、海賊版ってことですか……？」

二次創作ではなく、公式の絵で公式のロゴも入っている。

公式の売り物じゃないなら、いわゆる海賊版だ。

もしかして、本格的なヤバイ人に格上げしないといけないいんじゃないかと考えていると――

「正規品に決まってんだろ。人聞きが悪いこと言うなよ」

「え？ でも、自分で作ったって……なのに正規品……？」

「……ん？ ああ、そういやまだ言ってなかったか」

「何をですか？」

「このゲーム作ったの俺」

「え、えええええぇぇッ⁉」

平然と、驚愕《きょうがく》の事実が告げられる。

「正確には、俺と後二人いるけどな。グラフィック担当とプログラム担当が」

「そ、それ本当ですか……？ 大学生やりながらゲーム開発も……？」

「まだ会社っていうよりはほとんどサークルみたいなもんだけどな。一応、法人化はしてっけど」

特別なことではないと言うような口調で話す大樹さん。

しかし、ゲームを作る側の人たちは俺からすればまさしく神だ。

さっきまで情けないと思っていた人が、急に見た目以上に輝いて見えてきた。

「しかし、妹のダチに好きなタイトルを聞いたら、自分の作ったゲームの名前が出てくるんだから世の中狭いよな」

あ、握手とかしてもらった方がいいのかな……。

サインを書いてもらえそうな色紙とかあったっけ……。

「ところで、お前は作る方に興味ねーの？」

「えっ？　いや……俺はそんなの全然……まあ、全くないってわけでもないですけど……今はそんな……」

「あっ、そう。あん時も結構面白《おもしろ》い視点で切り込んできたから、てっきりあるのかと思ってたわ。まあ遊ぶのと作るのは全然違うしな。でも興味出たらいつでも言えよ。軽いインターンくらいはさせてやっから」

「は、はぁ……」

か、かっけぇ……。

ちょっと待って、もう無理かも。

隣を歩いているだけで緊張してきた。

憧《あこが》れのスター選手を前にした子供のような心境で歩き、なんとかバス停に到着する。

ちょうど同じタイミングで到着したバスに乗り、大樹さんと並んで座席に座る。

扉が閉まり、バスが発車して少し経《た》った頃……。

「ん……？　あれ……？」

大樹さんが自分の身体を、服の上からぽんぽんと叩《たた》き出した。

「どうしたんですか？」

訝しむと、彼は何かを察したようにポンと手を叩いた。

「わりぃ、財布忘れてきたから金貸してくんね？」

顔の前で手を立て、笑いながら高校生に金をせびる大学生。

尊敬と軽蔑《けいべつ》の間を反復横跳びされて、俺の情緒はもうめちゃくちゃだった。

第7話　接点OとP

翌土曜日、朝日《あさひ》さんは約束通りに俺《おれ》の部屋へとやってきた。

「ほ、ほんとにいいの……？」

「うん……全然、大丈夫。全く気にならないし……むしろ、逆に集中できるくらい」

後ろから申し訳なさそうに紡《つむ》がれた言葉に、余裕を持って応じる。

今、彼女が遊んでいるのは低価格ＤＬタイトルの『フルーツゲーム』。

ゲーム配信者をきっかけに大流行したパズルゲームだ。

ルールは単純で種々の果物を箱の中に落とし、同じ種類の果物をくっつけていくだけ。

果物はくっつくと一段大きい種類の果物になり、最終的には巨大なドリアンになる。

箱から果物が溢《あふ》れるとゲームオーバーで、それまでにどれだけの得点を稼げるかを競う。

見た目だけだと簡単そうに思えるが、やってみると意外に難しい。

よく思考して、サイズの異なる果物を無駄なく配置していく思考力が試される。

そこに適度な引き運の要素と、絶妙な物理演算が加わって非常に中毒性の高いゲームに仕上がっている。

「ここにイチゴを置いて……でも、そうすると次に大きいのが来た時に困るなあ……」

例に漏《も》れず、朝日さんも既にかなりハマっている。

一方、そんな彼女の横で、俺は次の木曜日から始まる中間試験の勉強をしていた。

苦手科目である数学は、このままでは間違いなく赤点。

特に重点的に対策しなければいけない。

「えーっと……この座標Qを通って、この円と接する直線の方程式が……」

しかし今や俺の計算能力は、動画サイトで流れる数字を足したり掛けたりする謎《なぞ》のゲームの広告並みにひどい。

数式を眺めていると、頭が痛くなってくる。

接し合うのは果物だけにしてほしい。

「接点がOとPで……二つの接線の交点Rが……クッションの座り心地はどう？」

詰まったタイミングで、気分転換に朝日さんへと話しかける。

「結構いい感じ。肘を置けるのがすっごい楽かも。影山《かげやま》くんも後で使ってみる？」

「ああ、うん……それじゃあ後で使わせてもらおうかな……」

会話を切り上げて、また問題集へと向き直る。

「公式を使って導き出したこれを整理して……X軸方向に平行移動させて……どう？　ドリアンできた？」

また振り返って、今度はゲームの進捗を朝日さんに尋ねる。

「うん、一つは何回かできたけど二つ目を作るのがなかなか難しいなー……ってなってるところ」

「二つは容量がかなりギリギリだしね。俺もまだ一回もできてないし」

「えー……そんなに難しいんだ。でも、それは逆に燃えてくるかも……」

朝日さんの挑戦意欲の高さを確認し、またまた問題集と向かい合う。

「えっと……どこまでやったっけ……？　もういいや……一回、解答見るか……」

別紙の解答集を開いて、解説を読む。

あー、なるほどね。

こういう感じの解き方だよな。分かってた分かってた。

これはもうほとんど解けてたようなもんだろ。

「朝日さん、何か飲む？」

完璧《かんぺき》に理解した問題集を一旦《いったん》閉じて、またまたまた朝日さんに話しかける。

「え？　ん～……今は特に喉《のど》も乾いてないし大丈夫かな」

「そう、なんか欲しくなったら用意するからいつでも言って」

「それはありがとうだけど……私、やっぱり邪魔じゃない……？」

コントローラーを握る手を止めて、申し訳なさそうな視線を向けられる。

「邪魔じゃない邪魔じゃない！　全然、そんなことない！」

「でも、やっぱり勉強してる横でやるのは流石に気が引けちゃうかなーって……」

「いやいや！　むしろ、普段よりも三割増しで捗《はかど》ってるくらい！　その気の抜けたＢＧＭがバイオリズムに上手《うま》く作用してるのかな」

「ほ、ほんとに……？」

「ほんとほんと……でも、ちょっと気分転換に一回だけやらせてもらってもいい？」

「うん、もちろんいいよ。はい」

ちょうどゲームオーバーになった朝日さんのコントローラーを受け取る。

一回だけ一回だけ。

勉強の合間に気分転換をするのは悪くない。

むしろパズルゲームなら、頭の体操にもなって良い影響があるはず。

「じゃあ、一回だけ……」

決定ボタンを押して、リトライする。


――――――

三時間後……。

「あーっ!!　惜しい!!　びわが来てたらダブルドリアンチャンスだったのに!!」

「じゃ、次は私ね！　今回は絶対二つ作るから！」

コントローラーを受け渡して、順番を交代する。

もうすっかり慣れた朝日さんは手際よく果物を繋《つな》げ、序盤の形を作っていく。

「このブルーベリーは後で救うことにして……やっぱり、右下ドリアン型で作っていくべきなのかな……」

「そのためには、ココヤシをどこで作るかも重要になってくるから気をつけて」

「だね。パパイヤの時点で下に小物が入り込まないように注意して作らなきゃ……」

一つ一つ、慎重に果物を配置していく朝日さん。

普段、彼女が帰宅している時間までは後少し。

今日中にダブルドリアンを達成してみせるという強い気概を感じる。

「よーし！　とりあえず一つ目！」

その勢いのままに、一つ目のドリアンを瞬く間に完成させた。

位置も良く、邪魔な果物も少ない。

二つ目も狙《ねら》えるスペースが十分に残っている。

しかし、これはあるぞと期待が膨らんできたところで――

「ここでマルメロを作って……あー！　跳ねちゃったー！」

合体させた際の物理演算によって、上に乗っていたブルーベリーが弾け飛んだ。

とっさに打ち下ろすことも叶《かな》わず、箱から出てしまったのでゲームオーバー。

かなり順調だったが、こういう意図せぬ挙動によって突然終わるのがこのゲームの怖いところだ。

「じゃあ、交代ってことで」

「う〜……くやし〜……」

名残惜しそうにしている朝日さんからコントローラーを受け取る。

「よーし、そろそろこの戦いにも終止符を打たせてもらおうか……」

「頑張って……!!　影山くんならきっとできる……!!」

百人力の声援を受けながら、果物をどんどんと合体させていく。

一つ目のドリアンは、先の朝日さんと同じくらい順調に完成させられた。

「ふぅ……とりあえず、一つはできたけど問題はここからなんだよな……」

「ほんとにそれ……もう狭くて狭くて大変なんだよねー……」

理想配置を頭に浮かべながら、それを目指して形を作っていく。

時折、不都合な引きがあっても、アドリブで切り抜ける。

そうして、なんとかダブルドリアンが完成する寸前へと漕ぎ着けた。

「問題はここから……後は引き運の勝負……」

無駄な果物を捨てるスペースは、ほとんど残っていない。

大物を引いた時点で一気に辛くなる。

今、手元にあるのはブルーベリー。

これを二つ重ねてアセロラにすれば、近くのアセロラと重ねて連鎖で一気にドリアンまでいける。

しかし、次も確実にブルーベリーを引いて来られる保証はない。

裏目でアセロラを引いてしまえば、悔やんでも悔やみきれない。

「朝日さん……ブルーベリーとアセロラのどっちが来ると思う?」

「え〜……どっちだろ〜……」

確率は等分。

ここまで来れば、後は運の勝負でしかない。

重圧を押し付けるような形なのは申し訳ないが、朝日さんは間違いなく俺よりも持っている人だ。

何より、最後は今日ここまでやってきた二人で完成させたい思いもある。

「……じゃあ、ブルーベリーで！　目にいいから!!」

「ブルーベリーね……了解！　来い！」

彼女を信じて、躊躇《ためら》わずにブルーベリーを落とす。

そして、その次の手持ちに表示されたのは——

「来た！　ブルーベリーだ!!」

「やったー！　これもしかしてできちゃう!?」

二人で手を合わせて喜ぶ。

「もう後は……ここまで積んできた自分の配置を信じるしかないかな……」

「あー……すっごい緊張してきた……」

後は落としたブルーベリーを合体させるだけ。

なんの思考も技術も必要ない。

「いけっ!!」

「いってー……!!」

俺たちの想《おも》いが載った果実が落下する。

最初の合体が次の合体を呼び、想像していた通りの形で順調に連鎖していく。

しかし、後少し……全《すべ》てが思い通りにいく僅か手前で、連鎖は止まってしまった。

「まじかよ……嘘《うそ》だろ……」

パパイヤとパパイヤの間に転がり込んだびわが、絶妙な位置で合体を阻害している。

邪魔にならない位置に捨てておいたはずが、ここに来て反逆してきた。

ダメか……？　ここまでやってもダメなのか……!?

高すぎる壁に、諦念《ていねん》の感情が浮かんできた時だった。

「あっ！　でも、見て見て！　ちょっとずつ動いてない⁉」

立ち上がった朝日さんが、画面を指差す。

くっつきそうでくっつかなかったパパイヤ間の空白。

「ほ、ほんとだ……！　これはもしかしていくか……⁉」

そこがほんの僅かではあるが少しずつ狭くなり、接点Pが誕生しようとしていた。

「押せ‼　もっと押せ‼」

「う～……動いて～……！」

二人で祈るように念じる。

画面の中では、本当に本当に少しずつ空白が狭くなっている。

上から落として押すべきか……？

いや、余計なことをすればさっきみたいに打ち上がる可能性もある。

ここはこいつらのパワーを信じるしかない。

いけ‼　生まれろ接点P‼

心の中でそう叫んだのと同時に、パパイヤとパパイヤが接触を果たした。

それを発端に次々と連鎖が発生し、容器の中は僅かな小物だけを残して空になった。

「で、できた……‼」

「空っぽになってる……‼」

ダブルドリアン──ドリアンとドリアンが合体したことによって、無となる現象。

俺たちは遂に達成したんだ。

自分たちの勝利を認識した瞬間、心の奥底から大きな歓喜が湧《わ》き上がる。

「やった‼　できた‼　ははっ‼　すげー‼」

「やったー‼　できたできたー‼　私たちすごーい‼」

立ち上がり、二人で抱き合って、ダンスでも踊るように喜びを表現する。

俺が積み上げ、最後に朝日さんの天運が決めた。

この長きにわたる困難な戦いに、俺たちは二人で終止符を打った。

戦勝の祝宴は三日三晩続いた……わけもなく、一分もしない内に興奮は冷めてくる。

そうすると、まず胸元《むなもと》に妙な感触を覚えた。

──ムニュ……。

ドリアン……程ではないけど、形の良いリンゴくらいの大きさはある物体。

表面は少しゴワゴワした硬さで、中身は柔らかいのに元の形に戻ろうとする弾力のある不思議な感触。

更に頭が冷えてくると、自分が何故《なぜ》か朝日さんと抱き合っているのに気がつく。

背中に回した手のひらには、薄手のシャツ越しに素肌の感触がある。

じゃあ、この胸元に当たっているのは……？

いちいち公式に当てはめなくても分かる。

接点ОとＰだ。

「だあああぁぁッ‼　ご、ごめん‼」

正気を取り戻し、慌てて身体を離す。

「ほ、ほんとにごめん！　舞い上がりすぎて勢いでやっちゃったっていうか……でも柔らかくて良い匂《にお》いだった……じゃなくて、とにかくごめん‼」

「う、ううん！　全然、平気だから！　ていうか、私の方から行っちゃってた気もするし……それに影山くん、意外と体格がしっかりしてるっていうか……これが男の子なんだ……って、私も何言ってるんだろ……あぅぅ……」

互いに興奮しすぎて、どちらから行ったのかなんて全く覚えていない。

覚えているのは髪の毛から漂った甘い香りと、腕を摑《つか》んだ時とは比べ物にならない全身で感じた柔らかさだけ。

きっと顔は真《ま》っ赤《か》になってるし、目線なんて絶対に合わせられない。

超絶気まずい空気の中、長い沈黙の時間が流れる。

「つ、続きやろっか……まだハイスコア更新しないといけないし……」

「う、うん……もしかしたらもう一回二つ作れるかもしれないもんね……」

目線を合わせないまま、二人で定位置へと戻る。

先の感触がまだ残っているせいか、妙に意識して普段よりも距離を取ってしまう。

ハイスコアを大幅に伸ばせるチャンスだったが、凡ミスの連発ですぐに終わってしまったのは言うまでもない。

＊＊＊

ダブルドリアンを達成してすぐに、朝日さんの帰宅時間となった。

彼女は帰る準備を、俺は送る準備を無言で淡々と進める。

もう意識していないと言えば嘘になるが、それでも駅までの送迎は欠かせない。

先週は遠慮した彼女も、今回は何も言わなかった。

「よし……じゃ、行こうか」

「うん」

部屋の鍵《かぎ》を閉めて、マンションを出る。

夏が少しずつ近づいてきてはいるが、まだ五月なので十九時にはもう日が暮れていた。

足元に気をつけながら、二人で並んで夜の道を歩く。

「あー……今日も楽しかったー」

朝日さんが伸びをしながら、満足気に言う。

「まさかたった240円で、あれだけ遊ばせてもらえるとはね」

「えっ、あれそんなに安かったの⁉　学食の日替わり定食の半額以下なんだ……」

低価格ゲームのコスパの良さに朝日さんが声を上げて驚く。

「でも、今度はまた協力して遊べるゲームもやりたいね」

「実は俺もそう思って、面白《おもしろ》そうなのを何本か見つけておいた」

「ほんと⁉　どんなやつ⁉」

「それは当日のお楽しみってことで」

「えー……気になるー……」

こうして遊ぶようになって、まだ一ヶ月程の関係。

けれど、二人だけの時間というのは思った以上に仲を深めてくれるのかもしれない。

最初は拙《つたな》かった会話も、今ではこうして普通にできるようになってきた。

そうして、駅までの道程を半分ほど進んだところで――

「ねぇ、影山くん……」

朝日さんが、囁《ささや》くような小さい声で切り出してきた。

「多分……もう分かってるよね……私、今日もお昼の練習休んで来たこと……」

「え？　あー……そうだったんだ」

多分そうだろうとは思っていた。

思っていたが……どう答えていいのか分からずに、曖昧な返事をしてしまう。

「うん、今回だけじゃなくて……実は前からずっと……」

「ま、まあいいんじゃない？　休みたい時は休めばさ。前にも言ったけど、俺も大概ズル休みしてるし……こんなこと言うとまた日野《ひの》さんに、俺と朝日さんは違うって怒られそうだけど」

その言葉に彼女はクスッと笑うが、またすぐに憂いを帯びた表情に戻る。

「ごめんね……」

「えっ？　何が……？」

今度は突然の謝罪に困惑する。

「私、影山くんに甘えてるっていうか……すごく都合よく利用してるから……」

「り、利用……？　俺は利用されてるなんて、全く思ったことないけど……」

「……って言ってくれるんだろうなってのも分かってた。なんで休んでるのか理由を聞いて来ないのも、それでも受け入れてくれるのも……」

まるで告解でもしているように、今にも消え入りそうな声で呟《つぶや》かれる。

あの朝日光《ひかる》の言葉とは思えない、重たくて暗い罪悪感がひしひしと伝わってきた。

「だからこの前、ゲームセンターの前で絢火《あやか》と会って全部バレた時に……本当はこれ以上迷惑かけちゃダメだって思って、もう来ないようにしようって思ってたんだけど……」

「……そうだったんだ」

「うん……私、ほんとダメな子だね……。影山くんだけじゃなくて、絢火にもお母さんにもずっと迷惑かけてるし……」

「確かに、それはそうかもしれないけど……むしろ、俺はそれを聞けて逆に安心したかも」

「……え？　安心？」

「だって朝日光といえば、うちの学校で一番有名な生徒で男女問わずに人気もあって……しかも成績も優秀で運動神経の抜群な完璧超人だと思ってたし」

「べ、別にそこまでは……」

眼の前で過剰に褒められた朝日さんが、恥ずかしそうに顔を赤らめる。

「ゲームに例えるなら光属性の主人公タイプ。闇《やみ》属性でしかもモブキャラタイプの俺とは全く住む世界の違う人だってね。実際、最初は迷惑をかける前に俺の方から早めに距離を取ろうと思ってたし」

あの時の感情を、改めて言葉にして吐露する。

「えぇ……そ、そうだったの……？」

自分が迷惑がられていたと思ったのか、少し寂《さび》しそうな顔を見せる。

「そりゃ、俺みたいな奴《やつ》の日常にいきなり朝日さんみたいな人が現れたらそうなるって」

「……ごめん」

更にしゅんとしょげられる。

「でも、最初はそう思ってたけど……実際に二人で遊んだら普通に楽しかったし、もっとそうしたいとも思った。だから、朝日さんが練習をサボって俺の部屋でゲームしてたいんだって知った時は、正直言って安心した。なんだ、俺と同じじゃんって」

「そ、それはそうだよ……私だって普通に……普通の女の子だし……」

「うん、だから俺はこれからも普通に……気兼ねなく朝日さんを誘おうと思う。もちろん、迷惑だと思われなければだけど……」

「ぜ、全然迷惑じゃない！　だって、私も……すごく楽しかったし……」

「だったら、俺に悪いとか思わないでほしいかな。それで、これからも俺の部屋でゲームをしてる時くらいは……しんどいことを一度隅に置いといて、その場で楽しいのを優先したっていいんじゃない？」

そんな刹那《せつな》的享楽主義みたいな考えは、褒められたものじゃないかもしれない。けど、俺らはまだ高校生で未熟も未熟だ。

重圧や責任、何かに押し潰《つぶ》されるくらいならその前に逃げたっていいはず。そうすることで、いずれ立ち向かわなければならない時に向かってパワーを溜《た》められることもあるかもしれない。

「ってのが俺の考えなんだけど……。もちろん、俺には朝日さんの重圧なんて計り知れもしないから、めちゃくちゃ無責任なことを言ってるのかもしれないけど」

「ううん、私もそう言ってもらえてすごく安心できた……。影山くんってほんとに……その……優しいよね……」

俺の顔を見た朝日さんは、何か別の言葉を呑み込んでそう言う。

「優しい……？　いや、どっちかっていうとこれは地の底から足を引っ張ろうとしてるわけだし、優しさとは真逆な気も……」

「確かに、それはそうかも……。じゃあ、ひどい人に訂正しとこっと」

そう言って、くすくすと笑う朝日さん。

ようやくいつもの彼女に戻ったように思えた。

「ただ……日野さんにバレた時だけは、共犯者として一緒に弁解してもらえると助かるかな」

「あはは、なにそれ」

「いや、ほんとにそれだけが気がかりで……」

「えー……どうしよっかなー……絢火、怒ると怖いからな～」

今度はニヤニヤとからかうように笑う。

何か長々と語ってしまったが、まとめれば単純な話だ。

この光属性の笑顔が、俺にとっての弱点攻撃だというだけ。

これで彼女の重圧や罪悪感が全て消えてなくなるわけではないだろうけど、少しでも軽くなったのなら柄にないことを言った甲斐もあるかもしれない。
そうしている間に駅へと到着し、二人で「また」と次のサボりを共謀して別れる。
彼女が改札の向こうに消えていくのを見送り、夜風を浴びながら思う。
試験勉強全然やってねぇ……。

第８話　情報交換

やばい。本格的にやばい。

火曜日の夕方、俺《おれ》は数学の試験対策問題集を前に自室で頭を抱えていた。

試験まで後二日。

大事な休日を二日ともゲームで消費してしまった。

朝日さんと一緒にサボった初日はともかく、二日目は完全に余計だった。

ローグライクというジャンルはどうしてあんなにも中毒性が高すぎるのか。

もう一回、後一回だけ……とやっている内に気がつけば深夜になっていた。

製作者の方々に最大級の称賛と呪《のろ》いの言葉を送りたい。

ともかく、このままいけば赤点は確実。

赤点を取れば補習授業で大事な時間は消え、インドの両親にも連絡が行く。

それほど教育熱心な親ではないが、赤点となれば話は別。

そうなれば最悪、依千流《いちる》さん経由の監視は強化され、親名義で契約されているネット回線を断ち切られる可能性まである。

それだけはなんとしても避けなければならない。

どうする……？

颯斗《はやと》と悠真《ゆうま》を呼んで、陰キャ三人の文殊の知恵で乗り越えるか……？

いや、落第組が三人揃《そろ》ってもまともに勉強しないのは火を見るよりも明らか。

ここは頼りたくはないけれど、最後の手段に頼るしかなかった。

スマホから『ＰＩＮＥ』を起動して、メッセージを入力する。

『試験勉強を教えてください。報酬は――』

送信ボタンを押してから一時間も経《た》たない内に、その人はやってきた。

「うーっす。来たぞー」

「すいません。いきなり無茶言って……どうぞ、上がってください」

高貴な来賓を迎えるような所作で、大樹《たいじゅ》さんを室内へと招き入れる。

「へぇ……なかなか良い部屋だな。ここでいつも光《ひかる》と乳繰り合ってんのか」

「いや、そんなことしてませんから……」

あの時、勢いで抱き合ってしまったのは乳繰り合うにカウントされるのかな……。

そんなことを考えながら、自分も部屋に戻る。

また別のキャラTを着ている大樹さんは、片手にやたらと大きな鞄《かばん》も持っていた。

それを床にドサッと置き、自分も座布団に座る。

「どうぞ……粗茶ですが……」

予《あらかじ》め用意してあった紅茶をテーブルの上に置く。

「それより……あの報酬の件は確かなんだろうな？」

まるで大きな取引を前にした麻薬カルテルの構成員のような口ぶりで尋ねられる。

「はい、無事に赤点を回避できれば……試験終了から二週間、バイトのある日は毎日依千流さんの前でさり気なく大樹さんを持ち上げさせてもらいます」

「よし、だったら取引成立だ」

俺が提示できる最大級の報酬に、大樹さんは二つ返事で依頼を引き受けてくれた。

現役《げんえき》の東大理科一類生。

序盤の苦しい時期を支えてくれる銀の槍《パラディン》を持った騎士くらいに頼もしい。

「で、何の教科を教えればいいんだ？」

「とりあえず、一番やばいのは数学なんでまずはそれを教えてもらえれば……範囲はこの辺なんですけど……」

「あー……そんなもんは要らねーからさっさとしまっとけ」

俺がテーブルの上に開いた問題集を、必要ないとばかりに大樹さんが手で払う。

「え？　でも、問題集なしでどうやって――」

俺の言葉を遮《さえぎ》り、テーブルの上にドンと重量感のある鞄が置かれた。

「数学の担当教員は誰《だれ》だ？」

「え？　数学は……斎藤《さいとう》先生ですけど……」

「斎藤かー……懐かしいな。えーっと、斎藤……斎藤……あった、これだな」

鞄の口が開けられ、中に入っていた大量のノートから一冊が取り出される。

「なんすか、それ」

「俺が現役の時に先輩や後輩、果てはＯＢからも過去問を回収して作った斎藤の想定出題集だ」

「そ、想定出題集……⁉　その鞄に入ってるの、もしかして全部そうですか？」

鞄の中には、少なく見積もっても百冊は入っている。

「おう、俺が現役時の教師に限るけど全員網羅してるぞ。当時はこれで随分と稼がせてもらったなぁ……記念に置いといたけど、まさかまた役に立つとはな」

大学の前で講義ノート売ってる業者かよ。

「そんなバレたら停学になりそうなことしてたんですね」

「いいから、お前はとにかく試験範囲の問題を覚えまくれ。理解はできなくても覚えるくらいはできるだろ。高校の試験なんて大体、ちょっと数字を変えた程度で問題を使い回してっからな……って、なんだよその顔は」

「いや、なんか思ってた指導と違うっていうか……」

てっきり東大生らしく、付きっきりのマンツーマンで丁寧に教えてくれるのを想像していた。

それがまさか、こんなチート紛《まが》いの攻略法とは……。

「そりゃお前、これまでできてねぇ奴《やつ》が正攻法で今からなんとかなるわけねーだろ」

ぐうの音も出ない正論だった。

ともかく攻略本を手に入れた俺は、そこに記された問題を解き続けた。

理解ではなく、問題と答えの組み合わせをただひたすら覚えていく。

数学としてはあるまじき勉強法。

しかし、それでもやれば意外と身に付くもので、理解力も少しずつ向上しているような手応えも感じていた。

もしかしたら最初からそこまで考えてくれていたんだろうか……と、正面の大樹さんを見て思う。

そうして問題集を覚え始めてから二時間が経ち、そろそろ腹が空いてきた頃——

「あの……さっきから何してるんですか？」

ここまで俺がサボらないように目を光らせていた大樹さんだったが、今はノートＰＣをテーブルに置いて何かしている。

持ち運びを重視した小型のビジネス用だから、ゲームではなさそうだけど……。

「んあ？　気が散るか？」

「いや、そこまででもないですけど……何してるのかなと……」

「前に言った他の開発メンバーと打ち合わせ中」

「打ち合わせ……？」

「前作はアップデートとバグ取りも大体終わったからな。そろそろ新作を作ろうぜって話になってんだよ。だから、そのネタ出しを兼ねた打ち合わせをしてるわけよ」

「へぇ～……」

めっちゃ気になる……。

「気が散るって言うんならそろそろ帰っけど？」

「い、いや……もうちょい居てくれた方が助かります。何か分からないところがあったら聞きたいですし……」

「あっ、そう。お前がそう言うんなら俺はいいけど……」

そう言うと、大樹さんは再びパソコンの画面に向き直る。

めちゃくちゃ気になる……。

今まさに、俺の前で新作ゲームが産声《うぶごえ》を上げようとしているわけだ。

そこでどんなやり取りがされているのか、どんなアイディアが出ているのか。

めっちゃくちゃ気になる……。

「やっぱお前、作る側にも興味あるんじゃねーの？」

「え？　ど、どうしてですか……？」

「いや、めっちゃ興味ありそうな目で見てきてるし……」

「そ、そんな目してました……？　勉強に集中してて全然、意識してなかったんですけど……」

「そんならいいけど……」

再び攻略本へと向き直る。

気にはなるが、流石に今は数学の攻略に集中しなければならない。

「……ちなみに、どんなジャンルにするか決まってます？」

「んー……一応、前作はローグライクな見下ろし型2Dアクションでそこそこ当てたわけだろ。だから今度も似たようなジャンルで作って、スタジオのカラーをユーザーに覚えてもらった方がいいんじゃねーか……って、俺は考えてるとこだな」

「なるほど……色々考えてるんですね……」

東大に入れるくらいに頭も良くて、在学中から既にスタジオを立ち上げる行動力。

しかも一作目を成功させて、更に将来を見据えた新作の制作にも着手している。

かなり変わったところはあるけど、やっぱりすごい人なんだなと改めて思った。

「お前ってさ……」

気を取り直して勉強に打ち込んでいると、今度は大樹さんから話しかけてきた。

「なんですか？」

「光に惚《ほ》れてんの？」

「な、なな、なんですか……いきなり……」

その不意打ちじみた問いかけに、思わず激しく狼狽してしまう。

「いや、この前もやたらと光のことを聞いてきただろ。もしかしたらそうなんかなって」

「べ、別にそういうわけじゃないですよ……。そもそも、朝日《あさひ》さんはスペック高すぎて俺なんかとは全然釣り合わないですし……」

友達としては今後も誘うと宣言したが、男女関係になると流石に話が変わってくる。

その尺度で見るなら依然として俺たちの間には、大きな大きな隔たりがある。

「そうか？　ちょっと見てくれはいいけど、凄《すさ》まじいまでの気分屋でめんどくせぇし……別にそこまでじゃないだろ」

「それは、妹だからそう思うだけじゃないですか……？」

「そんなもんかねぇ……」

会話が途切れ、再び沈黙が訪れる。

カリカリとひたすらノートに問題を書き写して覚えていると――

「水守《みなもり》さんって……彼氏とかいんのか？」

「なんすかまた藪《やぶ》から棒に……」

「いいから教えろよ。数学以外の問題集も無期限で貸してやっから」

「……今は多分いないんじゃないですかね。少なくとも俺が手伝うようになってからの一年で、それっぽい影は見たことないですし」

その魅力的な提案に、つい情報を提供してしまう。

「今はってことは昔はどうだったんだ？」

「さあ、調理師学校に通ってた時とか、それ以前の話は流石に知らないんで」

「どんなタイプが好みとか分かんねーのか？　傾向と対策は？」

「それも分かんないですね。そもそも、そんな話をしないですし」

「ちっ、なんだよ……」

アテが外れたのか、大樹さんが少し不機嫌そうに舌打ちする。

「……ちなみに朝日さんは、家に彼氏とか連れてきたことあるんですか？」

「なんだよ、お前もやっぱり気になってんじゃねーか」

そのニヤついた顔を見て、聞くんじゃなかったと少し後悔する。

「た、ただの世間話じゃないですか……依千流さんの話の流れからの……」

「まあ、そういうことにしといてやるよ。ちなみに家で男と仲睦《なかむつ》まじくしてるところなら何度も見たことあるぞ」

「えっ⁉　ま、まじですか⁉」

驚いて顔を上げた先にあったのは、からかうような大樹さんの笑み。

それを見た瞬間、謀《はか》られたのだと察した。

「わっはっは！　すっげー狼狽《うろた》えてやんの！　男っていってもうちの親父のことだよ！」

まじでこの人は……。

これまで相手にしてきて、一番イラッときたかもしれない。

「あいつ、ああ見えてかなりファザコンの気があるからな。今でこそそんなでもないけど、小学生の頃は嫌なことがあったらいつも親父に泣きついてたし」

「家族はノーカンでしょう……」

「んじゃ、一度も見たことも聞いたこともねーな。前にも言ったけど、あいつは全身テニス人間だし。毎日毎日テニス漬けで、男と遊んでる暇なんか全くなかったんじゃね」

「そうなんですね……」

軽く流して、今度こそ試験対策に集中しようと問題集に視線を落とす。

「ところで水守さんは趣味とか――」

そんな感じで互いに全く集中できないまま、謎《なぞ》の情報交換は大樹さんが帰るまで続いた。

第9話　二人きりの夜

金曜の午後――最後の鐘が鳴り、中間試験の日程が全《すべ》て終わる。

「はい、終了ー。鉛筆置いて、後ろから回収。もう書かないように」

担当教員の号令によって、後ろから順番に答案用紙が回収されていく。

……終わった。

まず最初に感じたのは、大きな大きな解放感。

これでまたしばらく、勉強と向き合わなくて良い日が続く。

そう考えるだけで心は羽が生えたように軽くなる。

次に感じたのは、全教科で赤点は回避できたであろう手応え。

大樹《たいじゅ》さんから借りた想定問題集は、確かに攻略本といって差し支えがなかった。

実際に結果が発表されるまではまだ分からないけど、少なくとも現時点で不安は大きく解消された。

今日から三日間はバイトも休みにしてもらっているし、心ゆくまで余暇を堪能《たんのう》できる。

そう考えて、鞄《かばん》を持って席から立ち上がろうとした時だった。

教室の出入り口から中を覗《のぞ》き込むように、朝日《あさひ》さんが俺《おれ》の方をじっと見ていた。

俺がそれに気づくと、彼女はちょいちょいとこっちに向かって手招きする。

どうやら付いてこいと言っているみたいだけど、校内で何かアプローチされるのは初めてだ。

一体、何の用事だろう。

鞄を背負って、付かず離れずの距離を保ちながら彼女の後を追う。

渡り廊下を通り、俺にとっては馴染みの深い別棟へと入る。

時折、俺が付いてきているのを確認するように振り返っている朝日さん。

一体どこまで行くんだろうと廊下の角を曲がったところで――

「わっ！」

「うおっ！　びっくりした！」

小学生みたいなイタズラにかけられた。

「あはは！　驚いた？」

「そりゃ驚くよ……わざわざこんな場所まで引っ張って何かと思ったら……」

「ごめんごめん、なんか今まで学校じゃ話したことないのに急に仲良さそうに話すのを見られたらちょっと恥ずかしいなって思って……」

そう言いながら、照れくさそうに笑っている。

確かに、言われてみれば学校で話すのはこれが初めてかもしれない。

ただ、わざわざこんなところまで呼び出して会話するのは少し気にしすぎな気もする。

周囲からすれば俺と彼女が話していたところで、単なる事務的な会話だとしか思われないだろうし。

「テストはどうだった？」

「え？　ああ……まあ、ぼちぼちだったかな。朝日さんは？」

「私もまああかなー」

この人の『まあまあ』と俺の『ぼちぼち』では、天と地ほどの差があるんだろうな……。

いつも張り出されている試験の順位では、一桁《けた》から落ちているのを見たことがない。

塾や予備校に通ったりと、特段ガリ勉というわけでもないので根本的に頭の出来が違う。

「でさ……こっちが本題なんだけど……」

少し身体を揺らしながら、言いづらそうにそう切り出してくる。

「明日も遊びに行かせてもらうって言ってたけど……ごめん、行けなくなっちゃった」

「え？　あ、ああ……そうなんだ……」

「一日前にいきなりごめんね。どうしても外せない用事ができちゃって……」

両手を顔の前で合わせて、心から申し訳なさそうに謝られる。

しかし、それでわざわざ呼び出して謝るのは律儀というか……。

「……テニス関係の用事？」

聞くべきか少し悩んだが、思い切って尋ねる。

「うん、ちょっとお母さんが……土曜日はいつもクラブのコーチを優先してるからいないんだけど、大会が近いから明日は練習を見てくれるってことになって……」

決まりが悪そうに言う朝日さん。

つまり、お母さんの目が光っているからサボれないという話だった。

「そうなんだ。なら仕方ないかな」

「ほんとごめんね。せっかく二人でできるの用意してくれてたって言ってたのに……」

「いや俺は全然大丈夫、それはまたいつでもできるし」

「うん、また行ける日が決まったら連絡させてもらうから。じゃあね、また来週」

そう言うと、彼女はバッグを背負い直して来た道を小走りで戻っていった。

一抹の寂《さび》しさはあるが、しっかりと練習に臨んでくれるのならそれが一番には違いない。

＊＊＊

自宅に戻り、かつてない解放感の中でパソコンと向かい合う。

この三日は一度たりとも外出しないという決意の下に、物資も買い溜《た》めてきた。

後は、この日のために積んであったゲームを遊んで遊んで遊び尽くすのみ。

薄暗い部屋の中、勉強の時には全く発揮されなかった集中力でひたすらキーボードとマウスを操作し続ける。

腹が減ったら、出前の飯をエナジードリンクで流し込む。

脳内で何かやばい成分が分泌されているのか、疲れという言葉を置き去りにしている。

夜になって樹木《じゅもく》さんをはじめとしたフレンドも合流すれば、楽しい楽しいマルチプレイの開幕だ。

全員が俺の解放感に当てられたのか、馬鹿《ばか》になって時間も忘れて遊びまくった。

この不健康で不健全で最高の体験。

最近は色々とあって忘れていたが、これが俺の本来のあるべき姿だった。

そんなこんなであっという間に二十四時間が過ぎ、土曜の夕方を迎えた。

眠気のピークはとっくに過ぎ、未知の領域に片足を踏み入れている。

ここまで付き合ってくれたフレンドたちも一人、また一人と脱落し、樹木さん以外はみんな寝てしまった。

『わり、ちょっと家族から連絡入ったから少し席外すわ』

その樹木さんも、そう言って席を外す。

今の内に俺もシャワーでも浴びておくか、と久しぶりに立ち上がる。

温かいシャワーを浴びると、滞っていた血行が促進されて、ただでさえ働いていない脳味噌が更にぼんやりとする。
そんな中で、ふと浮かんだのは朝日さんのことだった。
もうすぐあるらしい大会に向けて、今頃《いまごろ》は練習に明け暮れているんだろうか。
そうだといいなと思いながら浴室を出て、身体を拭いていると――
――ピンポーン。
呼び鈴の音が玄関に鳴り響く。
「ちょ、ちょっと待ってください！」
扉の向こうに叫んで、急いで用意してあった服を着る。
こんな時間に誰《だれ》だろう。
宅配か、それとも怪しい勧誘か……。
訝《いぶか》しみながら扉を開くと、そこには――
「ごめん、やっぱり来ちゃった」
何も持たず、テニスウェアを着たままの朝日さんが立っていた。
「え……？　な、なんで……？」
思いもよらぬ来訪に、頭が真っ白になる。
幻覚……？
もしくは、カフェインの大量摂取でぶっ倒れた現実の俺が見ている夢か……？

そんな突飛な発想が浮かぶくらいに、おかしな状況だった。

いつもなら俺の部屋に来る時、彼女は練習の後でも私服に着替えていた。

それが今は、少し汗ばんだテニスウェアを着ている。

まるで、練習の途中でそのまま全てを投げ出して逃げてきたかのように……。

「ごめんね、急に。流石に迷惑だよね……」

「と、とりあえず中に入って……そこじゃあれだし……」

はっきりとは答えずに、彼女を中に招き入れる。

その途中で頬《ほお》を強めに抓《つね》ってみたが、ちゃんと痛かった。

彼女が自然といつもの位置に着き、俺も椅子《いす》に座る。

キーボードを叩《たた》いて、『俺もしばらく離席します』とメッセージを送っておいた。

どちらも何も発さない重苦しい沈黙が続く。

何かを言わなければならないと思いつつも、何を言えばいいのか分からない。

今日は母親と一緒に練習するから来れないと言っていた朝日さんが、テニスウェアのままでやって来た。

何かしらの良からぬ事態が起こっているのは間違いない。

流石に事情を聞き出すべきかと悩んだが――

「と、とりあえず……なんかゲームでもする？」

何があっても、俺たちの関係にはまずそれがあるとコントローラーを差し出した。

「……うん」

朝日さんも俺の複雑な心境を察してくれたのか、小さく首肯してそれを受け取ってくれる。

「実は、めちゃくちゃ面白《おもしろ》そうなマルチプレイのゲームがあってさ。今度朝日さんが来たら絶対、これをやろうと思ってたやつ」

言いたくないなら何も言わなくていいから。

言外にそう伝えるように、いつも通りに接する。

「……ほんとに？　どんなやつ？」

「操作性の悪いぐにゃぐにゃの人間を動かしてパズルを解いていくアクションゲーム」

「なにそれ、聞いただけでもう面白そう」

説明を聞いた朝日さんがクスッと笑みをこぼす。

「でしょ？　ちょっと待って、今準備するから……」

パソコンを操作して、ゲームの準備を整えていく。

ここにいる間だけは嫌なことを考えずに、ただ二人で楽しいことに興じる。

「ちょ、朝日さん！　尻摑《しりつか》まないで!!」

「だ、だって摑んでないと落ちちゃうし！」

「いや、だからって摑まれてたら二人とも落ち……あっ……」

「あーっ！　落ちたぁ！」

「ははは。だから言ったのに！」

それがたとえ逃避だとしても、取り決めたルールの通りに俺たちは楽しんで過ごす。

「あー……もう一年分は笑ったかも……」

「想像してた以上のバカゲーだね。これは……」

開始からしばらく経過し、バカゲーの瞬発力を実感した頃には朝日さんもすっかり普段の雰囲気を取り戻していた。

それでも、否応なしに現実と向き合わなければならない時は来る。

「あっ、ごめん……スマホが……ちょっと待ってて」

不意にスマホの通知音が鳴り、一旦《いったん》コントローラーを置く。

画面を確認すると、大樹さんからメッセージが届いていた。

『そっちに光《ひかる》が来てないか？』

微《かす》かに緊迫感のようなものが伝わってくる短い文章。

一瞬悩むも、流石に無視するわけにはいかなかった。

『います。さっき来ました』

『やっぱそうか。様子は？』

『今のところは普通ですね。何かあったんですか？』

『お袋と喧嘩《けんか》して、練習中に飛び出したってさ』

やっぱりそんな感じか……概ね予想していた通りの事態だった。

『どうすればいいですかね？』

『とりあえず、お袋には俺のところに来たから一晩こっちで預かるって連絡しとくわ。絢火《あやか》ちゃんのとこにも連絡してたみたいだし、大事になる前にな』

『分かりました。じゃあ、俺はいつも通り接しておきます』

『すまん、迷惑かけるな』

普段の大樹さんとは違う、神妙な言葉遣い。

何だかんだで妹を大事に想《おも》っているのが伝わってくる。

『それで、いつ頃迎えに来てもらえますか？』

『え？』

『えってなんですか、えって。迎えに来てもらわないと朝日さん一人でどうするんですか』

『いや、お前がいるじゃん』

それで何の問題もないというような大樹さんの言葉に、返信を打つ手が止まる。

『一晩くらい大丈夫だろ。今はお前のとこの方が光も楽にいられるだろうし』

『いやいやいやいや全然大丈夫じゃないですよ』

こちとら枯れてるわけでもない健全な男子高校生。

同じ部屋で、付き合ってもいない女子と二人きりで一晩過ごすなんて不健全極まりない。

嫌でもそういうことを連想してしまうし、周囲にもそうさせるだろう。

『俺はお前を信用してる。他の面倒事は俺がなんとかしとくから健闘を祈る』

『何の健闘を祈ってんすか⁉』

その返答に、既読は付かなかった。

相変わらず頼りになるか、ならないかのラインを絶妙に行き来してる人だな……。

「……もしかして、お兄ちゃん？」

俺の方を見て、ほんの少しばつが悪そうに朝日さんが尋ねてくる。

やり取りが長引いたからか、流石にバレてしまっていた。

「ん……そう、面倒なことは大樹さんがなんとかしとくってさ」

隠し通すわけにもいかないので、大事なところを掻《か》い摘《つま》んで告げる。

「そっか……お兄ちゃんにも迷惑かけちゃったなぁ……」

「……まあ、そこは普段かけられてそうな分で相殺《そうさい》ってことで」

「あははっ、確かにそれはそうかも」

まだ多少の力なさはあるが、こうして笑ってくれるのが一番安心できた。

それからまた、二人でゲームをするだけの時間を過ごした。

前に二人で取り決めた通り、朝日さんも俺に罪悪感のようなものは見せなかった。

そうして、普段なら彼女が帰宅する時間を越えても遊び続けた。

「ん〜……ちょっと笑い疲れてきたかも……」

「俺も、横隔膜《おうかくまく》を少し休ませないと……」

時刻が十時を過ぎた頃、どちらからともなく操作の手を止め、小休止の時間が訪れる。

早い人ならもう寝てもおかしくない時間。

朝日さんは未《いま》だに、帰る様子を全く見せていない。

正直言って、俺も丸一日半は起きているのもあって限界が近い。

そろそろ決めなければならない時が来ている。

「どうする？　もうかなり遅いけど……」

なので、ズルくはあるがここは彼女に判断を委《ゆだ》ねることにした。

「影山《かげやま》くんがいいなら……もう少しだけここに居させてもらいたいかな……」

予め決めていたかのように、朝日さんはすぐに答えてくれた。

もう少し……もう少し経《た》てば、零時を跨いで日付が変わる。

それはつまり、ここで一晩過ごしたいと暗に言っていた。

「……分かった。じゃあ、俺は床で寝るからベッドは朝日さんが使ってくれれば」

こうなれば仕方ないと腹を括りつつも、最大限の配慮はしようとそう告げる。

「えっ……ううん！　それは流石に悪いから私が床で大丈夫！」

「いやいや、お客さんにそれはまずいって。それに床っていっても布団《ふとん》はあるから大丈夫だし」

「布団はあるなら尚更、私が床でも……」

「でも、しばらく使ってなかったやつで少し埃《ほこり》っぽいかもしれないし」

そんな攻防が何度か続いた末に、なんとかベッドで寝る権利は向こうに譲れた。

備え付けの収納から、長らく使ってなかった布団一式を取り出して設置する。

ここまで来れば、後はもう余計なことを考えずに無心で寝るしかない。

起きたらすぐに大樹さんに連絡して、迎えに来てもらおう。

「あのー……これだけお世話になってて、ほんとのほんとに申し訳ないんだけど……」

そう考えて後は床に就くだけとなった俺に、朝日さんが恐縮げに切り出してきた。

「何？　あっ、もしかして枕《まくら》が違うと寝られないとか？　だったら、どうしよう……」

「ううん、そうじゃなくって……えっと……」

珍しく歯切れが悪く言い淀んでいる。

この数秒後に、人生最大の試練が訪れるとは俺もまだ予期していなかった。

「寝る前に、シャワーだけ浴びさせてもらってもいい……？」

「しゃ、しゃわー……？」

意味は分からないが、なんとなく心地の良さそうな響きの言葉だなと繰り返す。

「うん、影山くんのベッドだし……このままで寝るのは流石に悪いかなって……」

「あっ、ああ……シャワーね、シャワー……！　うん、確かにそうだよね……ご、ごめん……！

俺、全然気が利《き》かなくって！」

「ううん！　私が図々しいだけだから！」

「いや、全然！　どうぞ好きに使ってくれていいから……えっと……バスタオルは脱衣所にあるのを使ってもらって……着替えは……」

改めて朝日さんの姿を見る。

女性っぽさのある白を基調としたテニスウェアに、ショートパンツ。

土汚れのようなものはないが、練習中にそのまま来たなら汗は吸っているだろう。

せっかくシャワーで汗を流しても、またこれを着て寝るのは意味がない。

本人は手ぶらで着替えを持っているようにも思えない。

「それならシャツも貸してもらえると嬉《うれ》しいかな……」

「りょ、了解……男物だからちょっと大きいかもしれないけど……」

クローゼットから自分用の部屋着を取り出して手渡す。

「ありがと。じゃあ借りるね」

「ど、どうぞごゆっくり……」

キッチンの横を通って、朝日さんが脱衣所へと入っていく。

時刻は十時を回り、窓の外からは遠くを走る車の音が微かに聞こえるだけ。

扉が閉まった音から少し間を空けて、微かな衣擦れの音がしっかりと空気を通して伝わってくる。

その音が聞こえる度に、何となく悪いことをしているような気がしてソワソワしてしまう。

続けて、ガチャッと浴室の扉が開く音が鳴る。

浴室に入ったということはつまり朝日さんは今、初期装備状態《生まれたままの姿》だ。

この壁一枚を挟んで向こう側で今、そんな状態の彼女がシャワーを浴びている。

否応なしに、その姿を脳機能が想像させようとしてくる。

そんな陰キャマインドがキモいと思いつつも、どうしても意識してしまう。

うるさいくらいの心臓の鼓動に紛《まぎ》れて、水の流れる音が微かに響いてくる。

「……って、何をじっくりと聞いてんだ俺は！」

冷静になり、慌てて椅子に座ってヘッドセットを付けて音を遮《さえぎ》る。

これ以上聞いていたら頭がどうにかなるところだった。

机の上に、大樹さんから借りた問題集を開く。

万が一、億が一がありえないように、難解な数式と向き合って精神を落ち着かせる。

後にも先にも、これだけ勉強に集中できた時間は俺の人生においてなかったと思う。

そうして、無限のようにさえ感じた時間が続き——

「ふぃ～……さっぱりしたぁ……」

朝日さんが脱衣所から出てきた。

少しだぶついた男物の部屋着を纏《まと》い、全身をほのかに上気させている。

学校で見る時とも、いつもゲームをしている時とも違うその姿に、また心拍数が跳ね上がる。

彼女を見て可愛《かわい》いや綺麗《きれい》と思ったことは数えきれない程あったが、エロいと思ってしまったのは初めてかもしれない。

この状況でそんな劣情を催してしまった自分に、罪悪感を覚えてしまう。

「貸してくれてありがとね。いいお湯でした」

「こ、こちらこそ……。じゃあ、ちょっと早いけどそろそろ寝ようか……」

「うん、そうだね」

全く平静じゃないのに平静を装いながら、今度こそ寝る準備を始める。

もぞもぞと、俺がいつも使っている布団の中に朝日さんが入り込んでいく。

「それじゃ……おやすみ」

「うん、おやすみ」

リモコンを操作して、部屋の明かりを落とす。

常夜灯だけの薄暗い部屋で横になると、ベッドの上の様子は完全に分からなくなる。

それでも呼吸や身じろぎの音は聞こえ、そこに朝日さんが確かにいるのだけは分かった。

目を瞑《つむ》って横になると……心身共に疲れ切った身体はすぐ眠りに――

……落ちようとしてくれない。

さっきまでの眠気が嘘《うそ》のように、目が冴《さ》えてしまっている。

今から長編ＲＰＧを一本丸々クリアできそうなくらいにギンギンだ。

「ん……ふぅ……」

ベッドの上から、朝日さんの息遣いが微かに聞こえてくる。

普段なら何ともないそんな音でさえも、今は俺を更に眠りから遠ざける。

このままじゃ頭がどうにかなってしまいそうだと考え始めた時だった。

「影山くん、まだ起きてる？」

斜め上方、ベッドの上から朝日さんの声が響いてきた。

「お、起きてるけど……」

「えへへ、私もまだ起きてる」

そのはにかむような笑い声には、いつもと少し異なる硬さが感じ取れた。

「なんか……やっぱりちょっと緊張しちゃうよね……」

「まあ、流石にね……」

この状況で、相手を意識するなというのは無理がある。

具体的な理由までは触れなかったが、向こうも同じ状況なのは少し安心できた。

「でも、影山くんは一人暮らしだし……他にも友達とか泊めたりしてるんじゃないの？」

若干、〝とか〟の部分だけ語気が強められていた気がする。

「いや、そんなには……友達の多い方じゃないし」

「そんなにってことは、あるにはあるってこと？」

この奇異な状況がそうさせるのか、いつもより個人的な話を深掘りしてくる。

「男子なら颯斗《はやと》……D組の風間《かざま》が泊まりに来たことなら前にあるかな」

「ふ～ん……そうなんだ。あるんだ」

事実を告げただけのはずが、何故《なぜ》かほんのり不機嫌そうな声色でそう返される。

……え？　なんか地雷踏んだ？

「じゃあ、風間くんもこのベッドで寝た？」

「い、いや……それは提案したことすらないけど……向こうも嫌がるだろうし……」

「そっか……ならいいけど」

……何が？

「朝日さんは……？　友達とかを家に呼んで泊りがけで遊んだりしたことある……？」

よく分からないけど許されたみたいだから話を続けていく。

「ん～……友達っていうかほとんど絢火《あやか》かな～」

「ほんとに仲良いね」

分かりきっていた答えに、思わず笑いが溢《あふ》れる。

「だって、小学校からの親友だもん。懐かしいなぁ……小学校の頃はよく二人で、一緒の布団に入って寝たりもしたなぁ……」

その時のことを思い出しているのか、声を楽しそうに弾ませている。

「それで毎回決まって、二人で将来の夢の話をしてたの。私はプロのテニス選手になりたいっていつも言ってたんだけど、そしたら絢火はなんて返してくれてたと思う?」

「なんだろう……自分も……とかは日野《ひの》さんっぽくないよなあ……」

「正解はね～……『じゃあ、私は弁護士になってプロになった光の代理人やってあげる。スポンサー契約とかCMの話がいっぱいくるだろうし』でしたー」

「ははは……それはかなり日野さんっぽい。小学生が代理人って……」

淡々とした声色まで再現して話されたその言葉に、思わず俺も笑ってしまう。

でも、確かに今の制服をスーツに置き換えるだけで彼女ならそうなれそうな貫禄はある。

「でしょ?　あっ、これ私が言ったのナイショにしといてね」

「もちろん。日野さんに怒られる時は一緒だって約束したし」

そう言って、また共犯者同士で笑い合う。

「でも、それで本当に今も弁護士になるために頑張ってるんだから、すごいよね」

「学内の試験でもほとんど毎回総合一位で、全国模試でも上位だもんなぁ……。でも、なるほど……あの成績の良さにはそんな秘密があったのなら納得かな……」

「うん、だから私って本当に周りの人に恵まれてたなーっていっつも思う。絢火はもちろん……お母さんは子供の時からずっとテニスを教えてくれてるし……モデルのお仕事を紹介してくれるマネージメント会社の人も、いつも用具を提供してくれるメーカーの人も、感謝してもしきれないよね……。あと、一応お兄ちゃんも……」

感慨深げに、自分の人生を支えてくれている人たちへの感謝を述べていく朝日さん。

ただ、その言葉の端々から僅かに罪悪感のようなものも伝わってくる。

もしかすると、今の自分はそんな人たちに迷惑をかけていると思っているのかもしれない。

「中には足を引っ張ろうとしてる悪い男もいるみたいだけどね」

「あははは。でも、その人のおかげで助かってることもいっぱいあるみたいだよ」

「そうなんだ。向こうはそんな気がなくて、ただ楽しんでるだけかもしれないけど」

「それでも、助かってることには変わりないから……ありがとね……」

消え入るような、だけど確かな熱の籠もった感謝の言葉が耳に届く。

それからも二人で他愛のない話を続け、当初の緊張は少しずつ解《ほぐ》れていった。

緊張が解れていくにつれて、互いの返答も少しずつ滞り始めていく。

そうして、いつしかどちらからも会話が無くなっていき……。

すぅすぅと、心地の良さそうな寝息が彼女の方から響き始めた。

上体を起こし、ベッドの上を見る。

暗闇《くらやみ》に慣れた目は、しっかりとその寝顔を捉《とら》えられた。

「……おやすみ」

色々と疲れているであろう彼女を起こさないように、そっと呟く。

もう一度横になって布団を被り直すと、すぐに全身が心地の良いまどろみに包まれた。

翌朝、揃《そろ》って熟睡してしまっていた俺たちは大樹さんの来訪で目を覚ました。

大樹さんは珍しく真面目《まじめ》なトーンで俺に何度も謝罪をし、朝日さんには少し語気を強めて怒っていた。

彼女も兄には迷惑をかけた自覚があるからか、神妙に謝罪の言葉を述べていた。

最終的には大樹さんが母親との間を取り持つということで、二人は帰っていった。

その去り際に、俺と彼女は『また』と次の約束をしたのは言うまでもない。

第10話 どうしても伝えたいこと

中間試験が終わり、休日が明けて初めての授業日。

そろそろ夏の訪れを実感する日差しの下で俺《おれ》はだらけにだらけきっていた。

時刻は三時間目の真っ只中で、陰キャにとっては心身両面で最も辛《つら》い体育の授業中。

試験明けということもあり、体育教師の計らいによってサッカーが行われることになった。

「マイボ！」

「マイボマイボ!!」

「マイボーッ!!」

視線の先では、体操着姿の同級生たちが白黒模様のボールを蹴《け》り合っている。

体育教師的には生徒の息抜きとして球技を選んだのだろうが、運動が苦手な俺からすれば快い時間とは言い難《がた》い。

ただ、参加は強制ではなく、暗黙の了解的にボール拾いという名の見学が許されたのだけが幸いだった。

「サッカー部って……なんで授業のサッカーであんなに張り切るんだろうね」

「そりゃあ、女子にいいところを見せたいからだろ。サッカーやってる奴《やつ》の九割はモテるためにやってるからな」

隣では、悠真《ゆうま》と颯斗《はやと》が嫉妬《しっと》と偏見に塗《まみ》れた小言を漏《も》らしている。

体育の授業は他組と合同で行われるので、普段はクラスの違う二人も一緒になる。

三人で防球ネットに背を預けながら、張り切るサッカー部たちをだらだらと眺める。

「女子はテニスかー……俺もあっちに混ぜてくんねーかなー……」

颯斗の視線を追って振り向くと、テニスをしている女子たちの姿が見えた。

六面あるコートの中で、きゃーきゃーと大騒ぎしながらラケットを振っている。

その中には当然、体操着を着た朝日《あさひ》さんの姿もあった。

教師に指導役を頼まれたのか、それとも自分から進んでやっているのか。

どちらかは分からないが、他の女子にラケットの握り方や振り方などを教えている。

自分の練習になるわけでもないのに、とても楽しそうだ。

本当にテニスが好きなのが、見ているだけで伝わってくる。

「ほほう、お客さん……朝日光《ひかる》とは、お目が高いですねぇ……」

「な、なにがだよ……」

俺の視線が気づかれていたかのような颯斗の言葉にたじろぐ。

「今、じっと見てたろ？　まあ、その気持ちはよく分かるけどな。でも、諦《あきら》めろ。お前じゃ流石に分が悪い。分かりやすくゲームで例えるなら初期装備の勇者が魔王に挑むようなもんだ」

「何の話か分からないけど、勇者に例えてくれるなんて随分と買《か》い被《かぶ》ってくれてるな」

俺の自己評価だと『おおなめくじ』だったのが大出世だ。

「とにかく、朝日光は流石に無理だって。狙《ねら》うならせめて他の女子にしとけよ。俺らの年代はそれでもかなりレベル高いって評判だしな」

「だから、別にそんなことを考えて見てたわけじゃ――」

「まずはなんといっても一軍女子筆頭の桜宮京《さくらみやみやこ》だろ。性格はきつくて俺らみたいな三軍男子は露骨に見下してるし、ギャル系で人は選ぶけど見た目だけなら朝日光ともタメを張れる。男をとっかえひっかえしてるって噂もあるけど、そこがいいって奴も多いとか」

テニスコートの脇《わき》で、授業には参加せずに取り巻き女子と喋《しゃべ》っている桜宮さんを見ながら、颯斗がつらつらと言葉を並べていく。

前に目の前で日野さんの陰口を言っていたのもあって、正直俺は苦手なタイプだ。

「関西からの刺客、緒方茜《おがたあかね》も外せないよな。距離感の近さは朝日光以上で、コテコテの関西弁が方言女子好きにはたまらないって、一部でかなり人気があるんだよな」

続いて、ちょうど朝日さんにラケットの握り方を教えてもらっている小柄な女子――緒方さんの方に視線を動かして言う。

クラスは違うので俺は馴染みがないが、朝日さんや日野《ひの》さんとも仲が良いらしい。

「後は陸上部の藤本春奈《ふじもとはるな》に、バスケ部の高崎千里《たかさきちさと》……それから――」

その後も頼んでもいないのに、自慢のデータベースから女子の情報を抽出してくれる。

「……とまあこんなところか。改めてリストアップしてみて分かるけど、うちの女子はまじでレベルたけーよな」

「日野さんは？」

颯斗が満足げに語りきった直後、悠真が短く問いかけた。

「ひ、日野って……何がだよ……」

何かの不意を突かれたのか、颯斗はまるで先刻の俺と同じように狼狽《うろた》えだした。

「日野さんを今の並びから抜くのはおかしくない？」

「別に……おかしくはねーだろ……」

「いやいや、朝日さんの陰に隠れてるだけで日野さんもかなり美人でしょ。実際、日野さんに怒られたい欲求を抱えてる男子が大勢いるって話は僕でも聞くのに、颯斗くんが知らないわけないよね？」

「そ、そうかぁ……？　あいつが美人って……俺は別にそう思わ――」

「もしかして、わざと抜かしたんじゃないの？」

何故《なぜ》か動揺している颯斗に対して、更に追撃がかけられていく。

確かに日野さんは少し怖いけど、かなり美人の部類に入る。

学年の全女子をチェックしていると豪語する颯斗が、彼女をそこから抜かすのは妙だ。

「……そういやお前って、小学校は日野さんと同じだったよな？」

「だ、だからなんだよ……小学校って、何年前の話だよ……」

ますます動揺している。

怪しい。非常に怪しい。

これは何かあるなと、悠真と二人で訝《いぶか》しむ視線を向けていると——

「おーい、そこの三人！　そこのトンボを体育倉庫に持って行ってくれないかー!?」

審判をしていた体育の中山先生が、俺たちに向かってそう言ってきた。

「だ、だってよ！　誰《だれ》が持って行くかじゃんけんで決めようぜ！」

渡りに船とばかりに、会話を切り上げようとする颯斗。

「ちっ……運の良い奴め……」

「続きは今度じっくり聞かせてもらおっか」

「続きも何も、まじで何もねーから……じゃあ、いくぞ。最初はグー……じゃんけん——」

「くそっ……パーにしとけば良かった……」

やたら大きくて持ちづらいトンボを二つ持って、体育倉庫の扉をくぐる。

普段ずっと閉め切られているためか、中は少し埃《ほこり》っぽい。

さっさと片付けて出ていこうと奥に向かい、倒れないようにトンボを置く。

これにてクエスト完了。

さっさと出ていこうと踵を返した瞬間、誰かが入り口を塞《ふさ》ぐように立っているのに気がつく。

逆光で少し見えづらい中、目を凝らしてその正体を確認する。

ジャージの上からでも分かる細く均整の取れた身体と、眼鏡《めがね》の奥にある鋭い眼光。

それが日野絢火《あやか》だというのはすぐに分かった。

彼女も先生に何かを頼まれて来たのかと思ったが、手には何も持っていない。

ただ俺の方をじっと見ている彼女を不審に思いつつも、その横を通り抜けようとした時――

バンッ……と扉に手をついて、彼女は俺の行く手を遮《さえぎ》った。

「な、何か……?」

「ちょっと話があるんだけど」

瞳《ひとみ》の中でメラメラと炎を燃やしながら、彼女はそう切り出してきた。

「は、話って……?」

なんとなくそんな気はしていたおかげで、これまでよりも冷静に対応する。

まあ、ちょっとビビったけど……。

「光のこと。土曜日の練習中に、光希《みつき》さん……お母さんと喧嘩《けんか》して飛び出して行ったたって……

知ってた？」

「え？　あ、ああ……うん、大樹《たいじゅ》さんから俺にも連絡があったから知ってるけど……」

流石に、飛び出してやって来たのが俺の部屋で、そこから更に一晩過ごした。

なんてことは言えるわけがないので、虚実を混ぜて答える。

俺の返答に日野さんはすぐには応じず、眼鏡越しに何かを探るような視線を向けてくる。

「そ、それが何か……？」

「貴方はどうにかしたいとか思わないの？　私は正直言って、あんな光をこれ以上は見ていたくない」

「どうにかって……そりゃあ思わなくもないけど……。でも、本人の気持ちの問題なら俺にできることなんて――」

「むしろ、その逆でしょ」

俺の言葉を、日野さんが断定的に否定する。

「ぎゃ、逆って……？」

「これは多分……貴方にしかなんとかできない問題なんだと私は思ってる」

それから続けて、彼女はあまりにも重すぎる役目を俺に与えてきた。

「いや、いやいやいや……俺なんてまだ付き合いもそんなに長くないし、そういうことなら付き合いも長くて、ずっと仲の良い日野さんの方がよっぽど……」

俺は所詮ただのゲーム友達、もといサボり仲間でしかない。

それに比べて日野さんは小学校からの付き合いで、向こうの家族にも信用されてお目付け役を任されている。

彼女の方が明らかに適任だと思って言うが——

「私には無理」

これもまた即断で否定されてしまう。

「な、なんで……？」

「私はもう……散々、光に期待をかけてきちゃった側の人間だから……」

「期待……？」

「そう、私が今の光にどれだけ頑張れ、負けるなって応援しても、それはあの子にとって重荷にしかならないの……」

応援したいのに、それができない。

親友の現状に対する自分の無力感からか、微《かす》かに声を震わせている。

「でも、貴方はそうじゃない。二人で何をしてるのかは知らないけど……どちらかといえば、光を堕落《だらく》の道に引きずり込もうとしてる悪い人でしょ？」

「だ、堕落の道って……別にそこまでは……」

ただ二人でゲームをしているだけなのにひどい言われようだ。

いやでも、率先してサボらせたのをそう言われれば否定しづらいところはあるか……。

「とにかく、理由は分からないけど、今の光はそんな貴方に寄りかかることでなんとか耐えられてる。だったら、上手くやれば立ち直らせることもできるんじゃないの？」

「立ち直らせるって……原因も分からないんじゃ流石に……」

「原因なら分かってる……多分だけど……」

「え？　それ、本当に？」

少し食い気味な俺の返答に、日野さんは小さく首肯する。

「一年生の終わり……春休みに入る少し前の練習中に、怪我《けが》したのが原因なんじゃないかって私は思ってる」

「怪我？　でも、今は特にそんな様子はなさそうに見えるけど……」

普通に歩いたり走ったりもしているし、さっきもラケットを振っている姿を見た。

怪我が原因というのは、ちょっとピンと来ない。

「そう、怪我自体はもうとっくに治ってるの。そんなに大きな怪我じゃなかったから二週間もしない内に、何をするのも問題ないくらいには」

「じゃあ、どうして――」

「怪我をした場所が左膝《ひざ》なのよ」

「左膝……あっ……」

彼女が重々しく発した言葉の意味に、すぐ気がつく。

左膝。

それは朝日さんの母親が、選手を引退する原因になった部位だった。

加えて二人で出かけた時に、段差で躓《つまず》いた朝日さんの表情も併せて思い出す。

あの時、彼女はとっさに左足を踏み込む体勢を取ってしまっていた。

あれが原因となる怪我を思い出してのことなら、確かに話が繋《つな》がってくる。

「だからきっと、もし自分も光希さんと同じようになったらどうしよう……もう、夢を叶《かな》えられないいんじゃないかって、あれからずっと思い詰めてるんだと思う……。だって、あの子ってば……他人の夢まで勝手に背負ってるから……私や光希さんはそんなこと一言だって頼んでないのに……自分のことだけ考えてればいいのに……」

堪えきれなくなったのか、眼鏡を外して涙を拭っている日野さん。

他人の夢を背負っている……。

確かに一昨日の夜、自分は周りの人に恵まれたと語る彼女の言葉の端々からそんな使命感のようなものは感じた。

「だから、私じゃ無理ってのはそういうこと……」

「事情は分かったけど……だからといって、俺に何かできるかっていうと……」

確かに彼女は今、俺に寄りかかってくれている。

自惚れではなく、練習中に飛び出して来たのが俺の部屋だったことからも分かる。

けれど、その理由は堕落の道——俺が彼女の逃避を肯定しているからでしかない。

楽な方へと引き込むのと、前を向かせるのは全く異なる。

「ごめん……無理を言ってるのは分かってる……。でも、もう他にどうすればいいのかも分からなくて……」

「……分かったよ。俺も朝日さんが今のままで良いとは思わないし、できることはやってみる」

「ありがと……お願い……」

いつものハキハキとした口調とは真逆の、か細い声で感謝される。

俺には荷が重たいと思うのは変わっていないけれど、目の前で泣かれて無下《むげ》にするわけにもいかなかった。

それでも俺が朝日さんに何をできるのかはまだ全く見当もついていない。

＊＊＊

そうして結局、特に何もできないまま数日が経《た》ってしまった。

いつも通り、自分の部屋以外での俺は彼女を傍から眺めているだけの人間でしかない。

一方、朝日さんも外から見る分には普段通りに過ごしている。

内心では大好きなテニスと向き合いたくても向き合えない重圧を抱えているなんて、誰も思ってもいないだろう。

しかし、今週末にはもう彼女が出場予定の大会が控えている。

日野さんによると、勝てば海外の大きな大会への推薦枠が貰《もら》える重要な大会。

彼女が俺の前では意図的にその話を避けていたからか、そんなことさえも知らなかった。

そんな俺に何ができるのだろうか。

幼い頃から親友や母親の夢まで背負ってきたなんて、まじで主人公かよ。

彼女の重圧や苦悩の、一端すらも計り知れない俺に何が言える？

頑張れ？　朝日さんならできる？　俺も応援してる？

いや、それじゃダメだ。

彼女が今、俺に寄りかかってくれているのはただ楽だからという他に理由はない。

これまで彼女の逃避を肯定し続けてきた俺が、今更無責任な応援の言葉をかけてしまえば、それはまた新しい重圧を生むだけだ。

考えれば考えるほど、どうしようもない無力感に打ちひしがれる。

やっぱり、このまま時間が解決するのを待つしかないんじゃないか……。

思い悩んでいる間に、四時間目の終わりを告げる鐘が鳴る。

いつものように、鞄《かばん》から買ってきた昼食を取り出そうとするが——

「しまった……買い忘れてた……」

例の件について考えすぎて、買い忘れていたことに気がつく。

「学食行くか……」

颯斗と悠真の二人に、『今日は学食で食べる』とだけメッセージを送って席を立つ。

久しぶりに来る学食は、相変わらず大勢の生徒でごった返していた。

そのほとんどがグループを形成していて、俺みたいな陰キャにはしんどい環境だ。

気配を消して列に並び、格安なチキンカツ定食を注文する。

そのまま煙のように人混みを通り抜けて、隅の隅の特等席で一人昼飯を食す。

質よりもコスパを重視した学生向けの料理を、黙々と胃に放り込んでいると——

「あ～……だる……。なんで土曜日に応援とか行かなきゃいけないんだろ……」

ふと、近くの席に座っている女子たちの会話が聞こえてきた。

「先輩の引退試合なんだから、そのくらい行ってあげればいいじゃん」

「先輩っていっても、まだ二ヶ月も経ってないし、思い出もろくにない人たちだけど」

笑いながら喋っている会話の内容で、一年生が部活の話をしているのは分かった。

「むしろ、二年先に生まれた程度で偉そうにしすぎだから嫌いまであるかも。できるだけ早く負けてくれた方が二重で嬉《うれ》しい感じ？」

「あはは。でも、その大会ってあの人も出るんじゃないの……ほら……」

「あー……二年の朝日先輩？」

顔も名前も知らない下級生から、その名前が出て食事の手が止まる。

「そうそうそう！　なんかめっちゃすごいんでしょ？」

「そりゃすごいよ。去年の全日本ジュニアは1セットも落とさずに優勝してるし、本当なら高校行かずにプロになっててもおかしくないレベルだもん。ちな、先輩は順当にいけば三回戦であの人と当たる」

「うわー……かわいそー……。でも、それなら早く帰れそうじゃん」

「あっ……でも、あの人に関する結構やばめな噂もちょっと聞いたんだよね」

テニス部に所属していると思しき方の女子が、声のトーンを落として神妙に言う。

「え？　なになに？　男関係？」

「違う違う。同じクラブに通ってる中学の友達が小耳に挟んだらしいんだけど、なんか春休みくらいに膝を怪我したんだって。で、怪我自体はほとんど問題なかったらしいんだけど、それでメンタルがやられて踏み込んで打てなくなってるって噂」

「えー……それまじ？　めっちゃ重症じゃん」

「噂だけどね。でも、本当なら天才も意外と脆《もろ》いんだなーって思っちゃうよね。たかが怪我でメンタルやられるってさ。そんなのスポーツやってたら付き物なのに」

「でも美人で勉強も運動もできるとかムカつくし、もしそれが本当ならちょっと清々――」

――バンッ！

気がつくと、俺はテーブルを両手で強く叩《たた》いて立ち上がってしまっていた。

「え？　何……怖いんだけど……」

一年女子の二人組は、会話を止めて驚いた顔で俺を見上げている。

彼女ら以外にも、周辺の席に座っている生徒も何事かと俺に視線を集めている。

何も知らないくせに、勝手なことを言うな。

自分だけじゃなくて、他の人の夢まで背負ってここまで来た人のどこが脆いんだよ。

そう叫びたい衝動に駆られたのを堪える。

俺がここでそんなことをしたところで、状況は何も好転しない。

それどころか、噂に妙な尾ひれがついて更に広まってしまうかもしれない。

そもそも俺だって、そんなことを偉そうに言えるほど彼女のことを知っていなかった。

大きく息を吐き出し、なんとか衝動を抑えて座り直す。

何事もなかったかのように昼食を再開した俺を見て、周囲もすぐに元の状況に戻る。

その後、彼女らも先の話に触れることはなく、食事を終えて足早に去っていった。

＊＊＊

俺が彼女の存在を初めて強く意識したのは、高校一年生の生活も終盤を迎えた冬の真っ只中だった。

その日、バイトからの帰り道でバスに乗り遅れた俺は、日頃の運動不足の解消も兼ねて徒歩での帰宅を試みた。

雪が降るんじゃないかと思わせるような寒さの中、やっぱり次のバスを待っておけばと後悔し始めた時――

歩道に面した馴染みのない施設から、耳馴染みのない音が聞こえてきた。

その音に吸い寄せられるように、街路樹の隙間《すきま》から高い金網の向こう側を覗《のぞ》く。

夜でも眩《まばゆ》い光を放つナイター照明に照らされているそこには、何面ものテニスコートが並んでいた。

どうやらさっきの音は、テニスの打球音だったらしいと気づいたのも束の間。

コートの中に立っているある人物に、俺は目を奪われてしまった。

長袖《ながそで》のテニスウェアを纏《まと》い、冬だというのに汗を散らしながらコートを縦横無尽に駆け回っている同年代の女子。

それがあの朝日光だと俺はすぐに気がついた。

「はい！　これで最後！」

「――はっ‼」

コーチと思しき女性が厳しい位置に出したボールを、彼女はその健脚であっという間に追いついて鋭い球筋で打ち返す。

俺たちの学年でダントツの有名人。

当然、名前も顔もテニスをやっているのも知っている。

けれど、実際にコートで見る彼女の印象はまるで違って見えた。

「いよしっ！　最後のかなり良くなかった？　試合だったら絶対ウィナーだったでしょ！」

「じゃあ、今の感覚を忘れないように次は少しテンポ早めの二十球でいこっか？」

「うん！　でもようやく温《あたた》まってきたし、なんなら三十球でもいいかも！」

「そんなこと言って……後で泣き言を言わない？　できるまでやるからね？」

「全然いけるいける！　でも、その前に暑くなってきたし脱ごーっと……さあ来い‼」

長袖のウェアを脱ぎ捨てて、半袖《はんそで》のシャツ一枚になった朝日さん。

見ているだけで寒いが、彼女はそれをものともせずに再び練習へと臨む。

コーチが左右へと交互に出すボールを、左右に走って反対側へと打ち込む。

一分以上も続く連続ダッシュの無酸素運動。

辛くないはずがないにもかかわらず、その顔にはずっと笑顔が浮かんでいる。

テニスが楽しくて楽しくて仕方がない、というような笑顔。

コート上で何よりも眩しく輝いているそんな彼女を、俺はどんなゲームの主人公たちよりもかっこいいと思ってしまった。

今思えば、本当に馬鹿《ばか》みたいに単純な一目惚《ぼ》れ以外のなにものでもない。

きっと全く同じ経験をした男なんて、他に何人何十人もいるはず。

しかし、当然カースト底辺の陰キャモブでしかない俺が彼女に近づけるわけもない。

彼女と俺では住む世界が違いすぎる。

照明の下で眩いまでに輝く彼女と、闇《やみ》の中から見ているだけの俺。

あの金網を挟んだ関係が、俺と彼女の立場の差を明確に表していた。

そうして、その時の感情は一ヶ月もしない内に過去のものとなった……はずだった。

あの日、あのバスの車内で彼女が俺に声をかけてきた時までは。

＊＊＊

「黎也《れいや》くん、これ二番さんにお願い」

「……うん」

水守亭の店内、依千流《いちる》さんが配膳カウンターに並べた料理をテーブル席に運ぶ。

『天才も意外と脆いんだなーって思っちゃうよね』

あれからずっと、あの女子二人の会話が頭から離れてくれない。

関係のない俺でさえ、こんなに悔しい思いをしているんだ。

朝日さんがどれだけ悔しい思いをしているかなんて計り知れない。

どうにかしてあげたい。

けれど、そう思う心の裏側に、俺如《ごと》きには何もできないという劣等感が張り付いている。

「黎也くん、次はこれを……って大丈夫？　すごく顔色悪いけど……」

厨房から顔を覗かせた依千流さんが、心配そうに尋ねてくる。

どうやら、消沈している心情が顔にも出てしまっていたらしい。

「そ、そう……？　別にいつも通りだけど……」

「気分悪いなら我慢しないでちゃんと言ってね？　店は私一人でもなんとかなるんだし」

「本当に大丈夫だから。これ、大樹《たいじゅ》さんのところでいいんだよね？」

「うん、お願い。それといつもありがとうって伝えといて」

気を取り直して、置かれた料理を今度はカウンター席に運ぶ。

「おっ、来た来た」

大樹さんが手元で操作していたノートパソコンをよけて、食事の準備を整える。

思っていた通り、彼は三日に一回は依千流さんのオムライスを食べに来るようになった。

「お待たせしました。それから、依千流さんがいつもありがとうですって」

「いやいや、こんな美味い料理が食べられるなら本当は毎日でも来たい気分ですよ……って、お前から伝えといてくれね？」

「伝えますけど……そのくらい自分で言えばいいじゃないですか……」

それでも一向に進展がなさそうな辺り、見た目はともかく中身は俺とそう大差ないのかもしれない。

「いやぁ……それはなぁ……ってか、それより黎也。遂に発表されたぞ」

料理を置いて戻ろうとしたところで、出し抜けにそう切り出される。

「何がですか？」

「プラムの新作だよ。いきなり発表されたかと思ったら発売も年末だってよ。プレイ動画も出てたけど、ソール系っぽい感じのオープンフィールドで、これまでよりもかなりスケールのデカい大作になってるみたいだぞ」

「へぇ……そうなんですか」

「おいおい、なんだよその薄い反応は」

「いや、今バイト中なんで……」

「つかー！　お前、それでもゲーマーかよ！　全世界が待望してた新作だぞ？　バイト中とか関係ねーだろ！　ほら、動画を見れば流石にお前も興奮するって！　一緒に見ようぜ！」

そう言って、ノートパソコンの画面を俺の方に向けてくる。

言葉通りに興奮しているのか鼻息も少し荒い。

「帰ったら自分で見ますから……それじゃ、ごゆっくり」

確かに、普段なら俺も仕事が手につかなくなるくらい興奮していたかもしれない。

けれど、今は朝日さんのこともあって全くそんな気になれない。

彼に背を向けて、カウンターの中に戻ろうとした時だった。

「ちぇっ……つれねー奴だな。発売日は年末かー……まだ遠いけど、それまでに面倒事は全部片付けて、最高の状態で迎えねーとな」

後ろで何気なく発されたその言葉に、足が止まる。

「大樹さん、今……なんて言いました？」

「んあ？　だから、プラムの新作が年末に出るって……」

「そうじゃなくて、その次です！」

「きゅ、急にどうしたんだよ……。大作は何の憂いもない最高の状態で楽しみてーなって言っただけだよ……ゲーマーとしての礼儀みたいなもんだろ」

俺を見上げながら、狼狽え気味に言う大樹さん。

「そうか……そうだった……」

あった……。

俺にしかできないことが……。

「……っ！　依千流さん、ごめん！　俺、今日はやっぱり帰る!!」

それに気がついた瞬間、居ても立ってもいられなくなった。

「お、おい！　いきなりどうした⁉」

「えっ？　れ、黎也くん⁉　ちょっと、帰るのはいいけど制服は――」

後ろから聞こえてきた依千流さんと大樹さんの声を振り切って、制服のまま店から飛び出す。

そのまま、自宅の方向へと繋がる道を一目散に駆け出した。

金曜日の十九時前。

通りにいる帰宅中の人たちをかき分けるように、ひたすら邁進《まいしん》する。

一分でも、一秒でも早く。

今、必死に戦っているであろう彼女の元へとたどり着くために。

しかし当然、走り出して数分もしない内に息が上がり、足が重くなってくる。

「こんなことなら……もっと……日頃から……運動……しとけば、よかった……」

肩で息をしながら、一歩一歩と重たい足を前に踏み出す。

そもそも衝動的に飛び出してしまったが、彼女が今どこにいるのかも分かっていない。

自分の馬鹿さ加減が嫌になってくる。

俺って本当にダメな奴だ。

陰キャで、オタクで、成績も運動神経も悪くて、サボってばかり。

今どき陽《よう》キャでもやらない、こんな熱血青春ドラマじみたことをするキャラじゃない。

でも、そんなダメな奴だからこそ言える言葉がようやく見つかった。

足を止めずに、前へと進み続ける。

何の確証もないが、きっと彼女はあそこにいるような気がする。

その場所が近づいてくるにつれて、あの時に聞いた音が響いてくる。

「朝日さん……!!」

消耗しきった身体を金網に預けながら、最後の力を振り絞ってその名前を呼んだ。

ちょうどあの時と同じコート。

脇にあるベンチで、母親らしき人と並んで座っていた彼女が顔を上げる。

一瞬遅れて声の主《ぬし》が俺だと気づいた彼女は、目元を拭って俺の方へと駆け寄ってきた。

「か、影山《かげやま》くん……？　え？　な、なんで……？」

「はぁ……はぁ……ごめん……急に……」

金網を掴《つか》んで、しっかりと彼女の顔を見据えながら言葉を紡《つむ》いでいく。

「でも、朝日さんにどうしても伝えたいことがあって……」

「……私に？」

「そう……君に、俺の口から……どうしても直接伝えたいことが……」

走ったせいか、それとも緊張のせいかは分からないけれど、心臓が破裂しそうなくらいに高鳴っている。

「……それは、何？」

金網の向こうに佇《たたず》み、緊張した面持ちで俺を見ている朝日さん。

顔を上げて、そんな少し赤い彼女の目を見つめながら意を決して口を開く。

「君はまだ……本当に楽しい最高のゲーム体験を知らない!!」

「え？　ど、どういうこと……？　最高の……？」

突然現れて、意味不明なことを宣った俺に流石の朝日さんも困惑している。

不意打ちのダイスロールに成功して、イニシアチブを取った確かな手応えを感じる。

基本性能で劣る俺がここから彼女を倒すには、とにかく奇襲を決めるしかない。

「あれは先週の金曜日……中間試験を無事に乗り越えた俺は、帰り道にエナジードリンクを買いためて足早に自宅へと帰ったんだ。目的はもちろん、その日のために積んで積んで積みまくってきたゲームをやるために」

急に語り始めた俺に、朝日さんはますます頭の上に大量のはてなマークを浮かべる。

それでも彼女にはきっと、これが通じるはずだと続けていく。

「家に着いて、すぐにパソコンからその中の一つを起動した。当然、全《すべ》てから解放された俺にとってそれはもう楽しくて楽しくて仕方がなかった。それから丸一日……画面の中の世界にだけ没頭した。一睡もせず……たまに、思い出したかのように出前で頼んだ食べ物をエナジードリンクで流し込む。不健康で、不健全で……でも最高の時間だった」

当時の感覚を思い出しながら、更に話を続けていく。

「それで……つまり何が言いたいかっていうと……」

呼吸を整え、心を落ち着かせてポカンとしている彼女の目をしっかり見据える。

「今年はこれから、一年を代表するような大作の発売が何本も控えてる。だから今度は……君と一緒に、そんな体験をしたい。何の気がかりもなく……発売前は事前情報で盛り上がって、発売したら一緒に遊んで、クリアしたら感想を語り合いたい」

これは期待や応援なんて綺麗《きれい》なもんじゃない。

日野さんには悪いけれど、やっぱり俺は朝日さんが必ずしも重圧に打ち勝つべきとは思わない。

だから、これは闇属性の俺からの呪《のろ》いだ。

逃げたいなら、とことんまで楽な方へと逃げたっていい。

「そうやって一緒に楽しめるのなら、それがどんな朝日さんであってもいい……！　試合に勝っても負けても……テニスをしてても、してなくても……！　俺の部屋にいる時だけは、そんなのはどっちだっていい……！　君が俺の隣で、ただ心から笑ってくれるだけで……それは俺にとって、きっと最高の体験になると思うから……！」

その末にどんな選択を取ったとしても、最後は彼女が笑顔でいてくれるための。

「……うん」

長々と暑苦しく語った俺に対して、短く二文字で返す朝日さん。

涼しい夜風が火照った頭を冷やすと、自分の言葉の意味を徐々に理解する。

これって、ほとんど告白したようなものなのでは……？

「つまりは……えーっと……端的に、二人でまた遊びたいってくらいの話で……他意はない……わけではないんだけど、その……半分くらいは勢いも混ざってて――」

「私も、そうしたい」

朝日さんが震える声で、俺の言葉を遮る。

「この先、自分がどうなるかは分かんないけど……。もし他のことが全部ダメになっちゃっても……影山くんと二人でゲームをしてる時だけは、心から笑って楽しみたい……それでもいいかな……？　そんな私でも……いい？」

「……もちろん、今度は朝までバカゲーをやって一生分笑おう」

目に涙を溜める彼女に真正面から答えて、金網越しに手のひらを合わせる。

どちらのか、あるいは両方かは分からないが、火照《ほて》った体温が交換される。

あの時は俺たちを隔絶しているかのように思えたそれは、所詮ただの金網でしかなかった。

「光ー！　何してるのー!?」

コートを挟んで向かい側から、彼女の母親らしき女性の声が響く。

朝日さんは『すぐ戻る』と答えて、もう一度俺の方に振り返る。

「練習、戻らなきゃ……それじゃ、またね」

「うん、また」

服の裾《すそ》で涙を拭った彼女は、やっぱり戦うことを選んだ。

母親のところへと戻り、ラケットを握りしめた彼女は、あの日と同じ輝きを放ったように見えた。

その後、自宅に戻ってベッドで今日の自分を思い出して悶えていると、朝日さんからＰＩＮＥで一通のメッセージが届いた。

『明日の土曜日に大会があるから、影山くんにも観に来てほしい』

そこには強い決心が伝わってくるような言葉とともに、試合の場所と日時が添えられていた。

第11話　大好き

――翌日の土曜日。

俺《おれ》は朝日《あさひ》さんが出場する大会の会場となる大きな公園を訪れていた。

初めて訪れる場所に、周囲はスポーツマンだらけのアウェー空間。

しかも颯斗《はやと》から入手した情報によると、どうやら彼女の友人である緒方茜《おがたあかね》を中心とした同級生たちの一団も応援に駆けつけてきているらしい。

そんなところに一人でやって来て――

『誰《だれ》あの陰キャ？』

『あんなのうちの学年にいたっけ？』

『誰だよ呼んだの』

『いや、誰も呼んでないだろ』

『呼ばれてもないのに来るとかやばくね？』

なんて言われた日には、間違いなく一生モノのトラウマになる。

それでも、この目で彼女の戦いをどうしても見届けたい。

案内板を頼りに、朝日さんの試合が行われるコートを探す。

「あった……あそこか……」

単に偶然割り当てられただけか、注目度が高いからか。

彼女の試合は観客席のあるコートで行われるらしい。

ゲートをくぐって中に入る。

ジュニア大会なので流石に満席にはなっていないが、それなりの観客が入っている。

先に来ていた同級生たちの応援団や、クラブやメーカー関連の人たちと思《おぼ》しき姿も。

そんな中で一人、俺に手招きしている人の姿を見つける。

ラストダンジョンでセーブ地点を見つけたような心地で、その人の下へと向かう。

「おはよ」

「おはよう、日野《ひの》さんも来てたんだ」

「もちろん、来るに決まってるでしょ」

一つ間を空けて、その隣へと座らせてもらう。

普段なら少し怖い彼女も、この場においては安心できる存在だった。

「日野さんもあっちに混ざらないの?」

見たことある顔から知らない顔までが、二十か三十くらい集っている一団を示して言う。

「……私が混ざれると思う?」

彼らを一瞥《いちべつ》した後に、ムスッとした表情で言い返される。

「でも、学校だと普通に混ざってなかった？」

「学校だと光《ひかる》が一緒にいてくれるからね。そうじゃないなら私と仲良くしたいと思ってる人なんていないでしょ」

「ははは……」

その自虐的な彼女の言葉に、苦笑いで返すしかなかった。

もしかしたら、俺たちは若干似たもの同士なのかもしれないとも思った。

「それで……今日ここに来たってことは、光に何かしてくれたってことでいいの？」

「ん、まあ……俺にできる範囲でだけど……」

それがともすれば、彼女を更に堕落の道へと落としかねないことなのは黙っておく。

「そう……ありがと……」

彼女はコートの方を向いたまま、短く答える。

その後は特に世間話をする間柄でもないので、試合開始まで沈黙の時間が続いた。

「あっ、光が来たみたい」

日野さんがそう言い、外が少しざわついた直後に朝日さんがコートの中に入ってきた。

「光ー！　頑張ってー！」

「朝日さん、俺らがついてるぞー！」

同級生たちの歓声が場内に響き渡る。

「ひか〜！　ファイト〜!!」

一方、最も応援したいと思っているはずの日野さんは声を上げず、ただ祈るように手を合わせている。

自分のベンチにバッグを置いた朝日さんが観客席を見上げる。

まず同級生たちへと手を振り、続いて俺たちの方へと視線を移す。

俺と日野さんがここにいることを確認すると、彼女は小さく頷《うなず》いたように見えた。

それから対戦相手と試合前の僅かなウォームアップを始める。

詳しくはないが、テニスはスポーツの中でも特に過酷で孤独な競技の一つだと聞いたことはある。

コートに立つのは自分一人で、試合中は誰ともコミュニケーションを取れない。

全《すべ》てのミスや実力不足は自分にのしかかり、温かい言葉をかけてくれる仲間もいない。

彼女が今から臨むのはそんな世界だと思うと、息が詰まりそうになった。

そうして、全ての準備が整い——

「ザ　ベスト　オブ　3セットマッチ　朝日　サービス　トゥ　プレイ」

主審のコールによって、試合が開始された。

サーブ権を取ったのは朝日さん。

定位置に着き、ボールを地面に三度つくルーティンを行う。

続けて高々と上げられたトスを、彼女のラケットが打ち抜いた。

あわやサービスエースになろうかという一打に、相手はラケットの端でなんとか触れて返すので精いっぱい。

朝日さんの右前に、勢いのないヨレヨレの打球が落ちる。

決定的なチャンスボールに、彼女は右腕を大きく後ろに引いてラケットを振るが——

「アウト。0‐15」

会場に大きな落胆の声が響く。

朝日さんの打球は、相手側のバックラインを大きく超えてアウトの判定になった。

「ドンマイ！　光！」

「次、切り替えてこ！」

大事な最初のポイントを失った朝日さんに、応援団が励ましの声をかける。

「やっぱり……まだ……」

一方、隣では日野さんが悲痛な声をこぼしていた。

事情を知らない人たちからすれば、単なるミスに見えたのかもしれない。

けれど、知っている俺たちは気づいてしまった。

彼女が依然として、左足を踏み込めないでいることに。

試合になってもそれができない自分に強いストレスを感じているのか、朝日さんは指先でガットを直しながら唇を真一文字に結んでいる。

日野さんによると、朝日さんは左右へのフットワークを活かしてベースライン上からガンガン攻めて戦うスタイルの選手らしい。

中でも大きな武器がフォアハンド。

体格そのものはスポーツ選手として平均程度の彼女だが、全身のバネをフルに使って放つその一打はジュニアの範囲を超えて国内でもトップクラスらしい。

しかし、左足を強く踏み込めない今はそれが使えない。

例えるなら攻撃ボタンのほとんどが縛られている状態に近い。

そうして、1ゲーム目は結局そのまま相手に押し切られて早々に失ってしまった。

「あぁ……もう、いきなりブレイクされちゃった……」

「あの……日野さん、ブレイクって……?」

聞き馴染みのない言葉が出てきたので、頭を抱えている彼女に尋ねる。

「テニスって基本的に試合のレベルが高くなるほどサーブ側が圧倒的に有利なの。だから、相手のサーブゲームを取ることをブレイクっていって、試合に勝つためにはどうやってブレイクするかが重要なの」

「なるほど……」

つまり、朝日さんはいきなり大きな不利を背負ってしまったらしい。

「ちなみに……この相手の人って、どのくらいの実力の人か分かる……？」

「この大会に出てて弱い人なんていないけど、普段の光なら十回やって十回全部危なげなく勝てるくらいの相手」

つまりゲーム的に言うなら、マスターとゴールドくらいのレート差があるらしい。

そんな朝日さんに対して有利を取ったからか、相手にかなり自信を与えてしまっている。

このままでは、その勢いのままに試合ごと持っていかれるかもしれない。

その嫌な予感は的中してしまった。

次の向こうのサーブは危なげなくキープされ、続く朝日さんのサーブはまたしてもブレイクを許してしまう。

結局、第一セットは3 - 6で相手のものとなった。

セット間のインターバルが訪れ、客席からは変わらない声援が送られている。

しかし、彼女の耳には届いていないのか、給水もせずにベンチでじっと自分の左足を見つめている。

彼女が必死に戦おうとしているのは分かる。

けれど、そう思えるように前を向けたのはほんの一日前。

流石に準備が足りなすぎたのか、傍目《はため》にも心と身体が一致していない。

インターバルが終わり、今度は相手のサーブから第二セットが始まる。

立ち上がりから、やはり彼女は得意のフォアハンドが上手《うま》く使えず防戦一方。

「40‐0！」

あっという間にゲームポイントまで追い詰められてしまった。

「光……頑張って……」

隣から日野さんが悲痛な声を絞り出す。

対戦相手がトスを上げる。

このポイントは、きっと試合を決定付けるだろう。

もし朝日さんが負けたとしても、俺はまた自分の部屋で変わらず彼女を迎えてやればいい。

万が一テニスを諦《あきら》めたとしても、ずっと笑顔でいてくれるように。

彼女が俺のところまで堕ちてきてくれれば、きっとこの劣等感も――

「負けんな！　朝日光！」

慕る想《おも》いと真逆の言葉を、何故《なぜ》か叫んでしまった。

同時に、彼女は左足を思い切り踏み込んだ。

素人目にも分かる全身のバネを目一杯に使った強烈なフォアハンド。

コート上を対角に斬り込むようなその一撃に、対戦相手は触れることもできなかった。

「40‐15！　プレー中は静かにしてください」

現在のスコアを発した後に、俺の方を見た審判に注意を告げられる。

「誰あれ？」

「さあ、どっかで見たことあるような気はするけど」

「確か……B組のなんとか山って奴《やつ》じゃなかったっけ？」

「知らない。誰か呼んだの？」

「勝手に来てんならやばくね？」

知ってたり知らなかったりする同級生たちの刺々《とげとげ》しい視線も突き刺さる。

やっちまった……。

恥ずい、恥ずすぎる……。

人生で最悪な注目を浴びてしまっている。

そもそもマナー違反だし、日野さんにも死ぬほど怒られる。

そう覚悟して隣を見るが、彼女はそれに全く気づいていないように、ただコートの上を見ていた。

その視線の先には、驚いたような表情で自分の左足を見ている朝日さんの姿。

彼女は二度三度と何かを確かめるように、左足で地面を踏む。

そして、ただ一言――「よしっ！」と言うと、もう一度ラケットを構えて相手と向かい合った。

まだ圧倒的に有利な状況にもかかわらず、何かを感じ取ったのか対戦相手も緊張した面持ちを浮かべている。

トスが上げられ、サーブが放たれる。

ともすればサービスエースになりそうな鋭い打球が、朝日さん側のコートに刺さるが――

持ち前のフットワークで容易く追いついた彼女は、再び左足を思い切り踏み込んだフォアで逆にリターンエースを奪った。

「ふぉ……40 - 30！」

突然、人が変わったかのような彼女のプレーに観客のみならず、審判も驚いている。

その後はもう、ただただ圧巻だった。

本調子を取り戻した朝日さんは、相手が可哀想《かわいそう》になるくらい圧倒的に強かった。

サーブは正確にコーナーを突き、ストロークでもポイントを量産する。

相手は、コート上で躍動する彼女の打球に触れることすらままならない。

あの時に見た、何よりもかっこいい人の姿がそこにあった。

「ゲームセット　アンド　マッチ　ウォン　バイ　朝日！」

結局、最初のセット以降はポイントすらほとんど許さない圧勝で試合は終わった。

「よかった……ほんとに、よかったぁ……よかったね、光……」

隣で日野さんが、人目も憚《はばか》らずに涙を流している。

「ほ、ほら日野さん！　朝日さんが出てくるみたいだから行ってあげないと！」

対戦相手と審判に握手し、荷物を纏《まと》めた朝日さんがコートの外に出ようとしている。

「うん……でも、ちょっと待って……顔、拭かないと……」

極度の安心からか、足元もおぼつかない彼女を観客席の外へと送り出してあげる。

「光、おめでとー！」

「朝日さん、まじですごかった！」

「このまま優勝できるんじゃない？」

コートから出てきた彼女は、クラスメイトたちに取り囲まれて祝福の言葉を浴びていた。

当然、俺はそこに混ざれるわけもない。

日野さんを送り出して、離れたところから様子を眺める。

彼女の完全復活はつまり、俺の役割が終わったことを意味していた。

もう彼女は、俺に寄りかかる必要なんて一切《いっさい》ない。

これが俺と彼女の本来の距離……あるべき形に戻ったのだと。

今くらいはいいだろうと、少しセンチな感傷に浸っていると——

「ごめん。ちょっと通して」

同級生たちを掻《か》き分《わ》け、朝日さんが人だかりの外へと出てきた。

先に本部の方に勝敗の報告へ行くんだろうかと考えていると——

キョロキョロと辺りを見回していた彼女と目が合った。

直後、俺の方へと向かって全力で駆け出してくる。

「はぁ……はぁ……影山《かげやま》くん……！」

側までやって来た彼女が、息を切らしながら俺の名前を呼ぶ。

「声……君の声が聞こえたの……そしたら何か、身体が勝手に動いて……」

「ああ、うん……なんかごめん。試合中に大声出して……」

やっぱり気づかれてたよな……とばつが悪い気持ちで謝罪する。

「ううん……おかげで、私……またできたから……テニスを好きでいられるから……」

「そ、それなら良かった……。おめでとう、本当にすごかった。すごく格好良かった」

「それで私、試合中から……ずっと……ずっと君に言いたいことがあって……」

息を切らせ、顔を赤くしながら言葉を紡《つむ》いでいる朝日さん。

自分たちを置いて何をしているのかと、クラスメイトたちがにわかに騒ぎ出す。

こんなところを見られたらまずいんじゃないか……？

と思っている間に、彼らはすぐに側へと集まってきてしまった。

「ありがとうじゃなくて……迷惑かけてごめんねでもなくって……えっと……えーっと……」

一方で彼女は、そんな同級生たちの存在を気にも留めていない。

試合の興奮がまだ冷めやらないのか、気を逸《はや》らせながら言葉を探し――

「あっ、好き……だ」

何かに気づいたように、その二文字を発した。

「ど、どういたしまし……って、へっ？　今、なんて……？」

俺が受け取るはずのない言葉に、体感時間が停止する。

「そうだ！　そうだよね！　好き、だよね！　私、君のことが好きなんだ！」

言葉にしたことで、それを確信したかのように彼女が繰り返す。

「好き！　好き好き好き！　大好き！　私は影山黎也《れいや》くんが大好き！」

彼女は、その輝く瞳《ひとみ》に俺を映しながら皆の前で何度も宣言する。

「え？　何？　どういうこと？」

「光、好きって……言った？　あの陰キャのこと？」

「まさか……聞き間違いだろ……だよな？」

同級生たちは、ただただ困惑している。

あの朝日光が発した『好き』という言葉。

それが向けられている先が、本来ありえるはずのない相手だという当惑の感情が周囲で渦巻いている。

けれど、最も困惑しているのは当然俺だと言わせてほしい。

「光ー！　早く報告に行きなさーい！」

遠くから朝日さんの母親らしい声が響いてくる。

「はーい！ ……ってことで、これからガンガン攻めていくからよろしくね‼」

そう宣言して、朝日さんは俺に背を向けて走り去っていく。

一体、今何が起こったのか分からないまま呆然《ぼうぜん》とする。

未《いま》だに彼女の発した言葉が、頭の中で大乱闘バトルフィールドドレジェンズトゥーンしているが……そんな中でも、ただ一つだけ分かったことがある。

どうやら、あの光属性ボスには更に強力な第二形態があったらしい。

彼女は俺の呪《のろ》いで堕落するどころか、その闇《やみ》の力を取り込んで最強になった。

この瞬間、俺と光属性の朝日さんの長きにわたる本当の戦いが始まったんだ。

閑話　ただ楽しく

私は自他共に認めるファザコンだったと思う。

小学生の頃から練習で上手《うま》くいかなかったり、試合で負けたりするといつもすぐお父さんに泣きついていた。

もうテニスを止める。

私がそう泣きじゃくると、お父さんは決まってどこか楽しいところへと連れて行ってくれた。

色んなお店があるデパートや、楽しいアトラクションがいっぱいある遊園地。

夢のような時間に、嫌なことはすぐに忘れられた。

沢山楽しんで家に帰ると、お父さんはいつも私の頭を撫でながら『今日は楽しかった？』と聞いてくれた。

私が『すごく楽しかった』と答えると、お父さんはいつも『また行こうな』と次の約束をしてくれた。

明日からテニスを頑張れとか、光《ひかる》ならできるとかは絶対に言わない。

だからこそ、その次の日から私はまた頑張れた。

私はそんなお父さんのことが大好きで、大きくなったらお父さんと結婚する……とまでは言わなかったけど、なんとなく将来はお父さんみたいな人と結婚するんだろうなーとは思っていた。

その参考にするために、何度かお母さんにも『どうしてお父さんと結婚したの？』と聞いた覚えがある。

するとお母さんはいつも少し恥ずかしそうに笑いながら、『お父さんといるのが一番気楽で楽しくいられたから』と教えてくれた。

お父さんはよく家に来た友達に、『まさかお前がこんな美人の嫁さんを捕まえるなんてな』とからかわれていたけど、お母さんはいつも逆だと笑っていた。

でも、そんなに好きなら普段からもっと引っ付けばいいのに……。

私なら何よりも大好きな人がずっと近くにいてくれるなら絶対にそうするけど、一人はすごく照れ屋らしい。

中学生になり、お兄ちゃんも私も大きくなったことで、元々貿易関係の仕事についていたお父さんの海外出張が増えた。

それをきっかけに、私も少しずつファザコンを卒業していった。

苦手だったメンタルのコントロールも少しはできるようになってきたし、いつまでもお父さんに甘えるわけにもいかない。

寂《さび》しくなかったと言えば嘘《うそ》になるけど、周りを見るとそれが自然だったとも思う。

それから更に時間が経《た》ち、誰《だれ》かに甘えることを忘れた私は高校生になった。

彼の存在を初めて認知したのは、高校一年生の秋……ちょうど文化祭の時だった。

自分たちのクラスの出し物の準備を終えた私は、絢火《あやか》と茜《あかね》の三人で他のクラスの様子を見学しにいくことにした。

最初に覗《のぞ》いたB組の出し物は射的場。

既に大枠はほとんど完成していて、皆が打ち上げ気分で盛り上がっていた。

そんな中で、一人でチェックシートを片手に未《いま》だに作業を続けている人が一人だけいた。

射的用のおもちゃの鉄砲を片手に持って、何度も何度も調整を続けている男子。

弾はちゃんと狙《ねら》ったところに飛ぶのか、標的の配置は本当にこれでいいのか。

もっと面白《おもしろ》くできそうなところはないか、子供用の足場は安全に使えるのか。

高校の文化祭でそこまで真面目《まじめ》にやらなくていいじゃんとでも言うように、既に打ち上げムードに入っているクラスメイトたちを横目に黙々と……。

自分にできる範囲のことだけでも、せっかく来てくれた人が少しでも楽しめるように。

そんな心の声が聞こえるくらいに真剣な彼に私は何となく、少しだけ興味を惹《ひ》かれた。

でも、その時は忙しそうだったので特に話しかけたりすることはなかった。

それから数日経った文化祭当日、自分のクラスの出し物の案内をしている最中に私はふとその時のことを思い出した。

あのクラスの……彼が頑張って作っていた射的場はどうなっているんだろう。

それが気になって仕方がなくなり、休憩時間に一人で様子を見に行くことにした。

そうして廊下に出たところですぐ、彼の教室の前に行列ができているのに気がついた。

すごいすごいと心が跳ねるのを抑えながら列の横を抜けて窓越しに教室の中を見ると、そこにも大勢のお客さんの姿があった。

同級生や上級生だけでなく、他の学校の生徒や近所に住んでいる子供たちまでもが夢中になってゲームを楽しんでいる。

それは大成功といっても足りないくらいの大盛況だった。

クラスの人たちが嬉《うれ》しい悲鳴を上げながら働いている中、教室を見回すと彼の姿もあった。

彼はボードを片手に、お客さんたちに一人ずつゲームのルール説明をしていた。

喋《しゃべ》るのはあまり得意じゃないのか、緊張で顔に汗をいっぱい掻《か》いているのがおかしくて少し笑ってしまった。

けれど、お客さんたちがすごく楽しそうに遊んでいるのを見て、彼もすごく嬉しそうにしていた。

その顔を見て、きっとこの人は誰かを楽しませるのが本当に好きな人なんだなと思った。

この盛況はあの時、最後の最後まで一人で真剣に〝楽しさ〟と向き合っていた彼の存在なくして生まれなかったと私は確信に近い想《おも》いを抱いていた。

彼のことを詳しく知ったのは、それからもう少し経った頃だった。

名前は影山黎也《かげやまれいや》くん。

クラスは違うけど、同級生で趣味はゲーム。

それを聞いた時は『なるほど！』と手を打った。

部活には入っていないけれど、どこかでバイトしているのも聞いた。

小中は別の地域で、高校進学を機にこっちへと引っ越してきたらしい。

だから知り合いが少ないのか、よく一人でいるところを見た。

何度か話しかけてみようかと思ったけど、その度にやっぱり躊躇した。

普段は男子とも普通に話すのに、彼に話しかけるのだけは無性に恥ずかしかった。

だから……というわけじゃないけれど、その日からお兄ちゃんに借りてゲームをするようになった。

共通の話題でもあれば、ちょっと話してみるくらいはできるかもしれない。

当初はそんなことを考えていたはずだったけど、いつの間にかただ単にのめり込んでしまっていた。

結局、話しかけるきっかけもなく、また月日は流れていった。

二年生になった私は、大好きだったはずのテニスを楽しめなくなりかけていた。

原因は、一年生の終わりにした左膝《ひざ》の怪我《けが》。

怪我自体は、かかりつけのお医者さんに診てもらってすぐに完治した。

今は何の問題もなく動けると自分でも分かっているのに、いざ強く踏み込もうとすると身体が固まってしまう。

もしまた、同じことが起こったら。

今度はもっと重症になるかもしれない。

もうテニスができなくなるかもしれない。

考えれば考えるほど恐怖に足が竦《すく》んで、練習もまともにできなくなっていた。

お母さんはそんな私に、無理をしなくていいとは言ってくれる。

だけど、プロを続けていく道を諦《あきら》めざるを得なかったお母さんは、どうしても私に期待してくれているのが分かってしまう。

お兄ちゃんがテニスを止めたのも、お母さんの時間をもっと私だけに使えるようにするためだって知っていた。

ずっと私を応援してくれている絢火や茜にも、こんなダメな自分は見せられない。

みんなが期待してくれるからこそ、私はここまで頑張って来れたから。

なのに、今はその期待の重さを感じてしまう。

そんな自分に嫌気が差し、更に気持ちが沈んでしまう悪循環に囚われていた。

昔ならこんな時は、いつもお父さんに泣きついていた。

楽しいところに連れて行ってもらって、翌日にはいつも通りの自分になれた。

だけど、そんなお父さんも今は長期の出張で家を空けている。

そもそも自分から卒業しておいて、今更縋《すが》れない。

結局、私は誰にも頼れないまま、ストレスを全《すべ》て自分の内に溜《た》め込《こ》むことになった。

それからまたしばらく経った頃、練習中にお母さんと軽い口論になってしまった。

辛《つら》いなら少しテニスと距離を置いてみたら？

そう提案してきたお母さんに、私が反発したのが発端。

できない自分が悪いのは分かっているけど、それを言われたのが辛かった。

だって私はまだテニスが大好きで、距離を取りたくなんてなかったから。

口論の後、ばつが悪くなった私は一人で帰ることにした。

一人で寂しくバスを待っていると、心はますます塞《ふさ》ぎ込んでいく。

重たい足取りで到着したバスの車内へと乗り込んだ私は、ある人の姿を見つけた。

影山黎也くん――今年から一緒のクラスになった、人を楽しませるのが好きな人。

偶然の出会いに運命的なものを感じたわけでも、何かが変わるのを期待したわけでもない。

ただ気がつくと彼に話しかけていた。

「影山くん……だよね？　同じクラスの」

これが私の再起と……太陽のように眩《まぶ》しい初恋の物語になるとも知らないままに。

エピローグ

朝日《あさひ》さんの試合を観に行ってから一夜明けた日曜日の午後。

俺《おれ》はゲーミングチェアに座りながら呆然《ぼうぜん》と無為な時間を過ごしていた。

正確には昨日のあの出来事が強烈すぎて、他の如何なる刺激も脳が受け付けない状態になっているると言った方が正しいのだろうか。

そんな状態でパソコンの画面を情報としてではなく、ただの景色として眺めていると……。

『好き！　好き好き好き！　大好き！　私は影山黎也《かげやまれいや》くんが大好き！』

時折、脳裏に焼き付いた昨日の出来事が4K最高画質のハイレゾ音源で蘇《よみがえ》る。

その度に訳の分からないめちゃくちゃな感情に襲われて、しばらく机の上に突っ伏すしかなくなる。

告白された。

誰《だれ》に？　朝日さんに。

誰が？　他に影山黎也がいないなら俺だ。

いやいや、そんなことは天地がひっくり返ってもありえない。

状況を噛《か》み砕《くだ》いてどれだけ単純化しても、やはり到底受け入れられない。

だって、完全復活した朝日光《ひかる》は文字通り俺とは住む世界が違う人間だ。

誰からも愛される学校一の人気者で、非公式に行われた人気投票では二位に大差を付けてのダントツの一位。

その人気は学内だけに留まらず、世間的にもファッション誌のモデルとして名を馳せていて各種ＳＮＳの合計フォロワー数は六桁《けた》を優に超えている。

更にはテニス選手としても超一流で、将来は世界で勝てる逸材だとかなんとか。

そんな人からも天からも愛された人が、ただの一般的な……あるいはそれ以下の男子高校生でしかない俺を好きだなんて、やっぱり夢でも見ていたとしか思えない。

そもそも、俺は彼女のことをどう思っているんだろう……。

いや、流石にそれは考えるまでもない。

好きだ。好きに決まっている。

あの冬の夜にテニスをしている姿を見た時からずっと、俺は彼女が好きだったんだ。

告白されてようやく、あの時に抱いた謎《なぞ》の感情の正体に気がつけた。

つまり、俺たちは両想《りょうおも》いというわけだ。

でも、それでも……やっぱり、彼女と恋人になった自分の姿がどうしても想像できない。

俺にとって彼女は単なる異性を超えた憧《あこが》れで、俺みたいな奴《やつ》が隣にいればその輝きを毀損《きそん》してしまうんじゃないかと思ってしまう。
こんな感じで同じ思考を延々と繰り返し、気がつけば窓の外は夕闇《ゆうやみ》に覆《おお》われていた。
貴重な休日を浪費してしまったと思うと同時に、腹の虫が鳴る。
流石に少しでも何かを口にしないと。倒れたら元も子もない。
そう考えて椅子《いす》から立ち上がろうとしたところで、スマホが通知音を鳴らす。
手を伸ばして確認すると、ＰＩＮＥに朝日さんからのメッセージが届いていた。
心臓がドキッと大きく跳ねる。
こんな時間になんだろう。
やっぱり、あの告白は気の迷いだったとか……？
まさかとは思いながらも、いっそその方が楽になるかもしれないとの考えも浮かぶ。
そんなネガティブ思考を膨らませながら、届いたメッセージの内容を確認すると――
『今日も勝ったよー！　これで明日は準決勝！　それも勝ったら決勝戦！』
表示されたのは、今日の試合の結果報告だった。
無用の心配が杞憂《きゆう》に終わり、ほっと安堵《あんど》の息を吐き出す。
そのまま指先で画面を叩《たた》いて、返信の内容を打ち込んでいく。
『おめでとう。それと今日は応援にいけなくてごめん』
『平気平気！　もう十分にパワーもらってるから大丈夫！』

送信してから間髪を容れずに、次の返信が戻ってくる。

『それなら良かった。俺のパワーなんて大したことないかもしれないけど』

『そんなことないよ！　むしろ、今までのどんな応援よりも一番効いてるかも！　なんていうか、無敵状態で全く負ける気がしないっていうか……スターを取って無限にBダッシュしてるような気分……？　とにかく！　影山くんのおかげでもう絶好調の最高潮‼』

『そ、そうなんだ……それはすごいなぁ……』

いつもより輪をかけてハイテンションなメッセージに少し気後れする。

しかし、彼女の怒濤《どとう》の攻撃はまだそこで終わらなかった。

『うん！　大好きな人のパワーって本当にすごいね！』

続けて、これまでとは比べ物にならない破壊力を有したメッセージが届いた。

それを目にした瞬間、また訳の分からない感情が湧《わ》き上がり、とっさに顔を伏せてしまう。

こ、攻撃力が……攻撃力が高すぎる……。

普通の人間なら歯が浮いてしまうような言葉を、事もなげに放ってくる。

画面を直視できずに顔を伏せ続けていると、頭の上でまた通知音が鳴る。

これ以上、あの攻撃を受けたら本当に死んでしまうかもしれない。

そう思いながらも見ないわけにはいかないので、ゆっくりと顔を上げる。

『それで、大会が終わった後のことなんだけど……しばらくはオフになるんだけど、影山くんも火曜日は確かバイトはお休みの日だよね？』

『うん、そうだけど……』

『じゃあ、学校が終わった後にまた遊びに行ってもいい？』

『それはもちろん構わないけど』

断る理由もないので、すぐに了承の返事を送る。

『やったー！　実は私、今度行った時にやりたいことがあったんだよね。今日も試合中に、そのことばっかり考えちゃって』

『やりたいことって？』

『んふふ～……それは当日のお楽しみ～！』

画面越しに、ニヤニヤと悪戯な笑みを浮かべているのが伝わってくる。

一体、何なんだろう……。

何かやりたいゲームでもあるのか、それとも別の何かなのか……。

考えている間に、また向こうから次のメッセージが届く。

『う～……早く会いたいなぁ～……もっといっぱいお話もしたい～……』

『こうやって話すくらいならいつでも付き合うけど』

『やったー！　じゃあ、眠くなるまで話そ！　……って、言いたいところだけど今から明日に向けて軽い調整と準備もしなきゃいけないから今日はもう話せないかも……』

『ああ、そうなんだ……。お疲れ様。明日も怪我《けが》にだけは気をつけて、楽しんできて』

『うん！　また明日も試合が終わったら結果報告するね！』

最後に届いたメッセージを見て、何とか凌《しの》ぎ切ったとスマホを置く。

文字だけでもこれだけの攻撃力を有している相手に、果たして明後日の俺はまともに相対できるのだろうか……。

そんな一抹の不安を抱えていると、机の上でまたスマホがブブッと震えた。

『おやすみ！　大好きだよ！』

ハートのスタンプ付きの不意打ちが胸に深々と突き刺さり、その場でもんどり打つ。

第一形態でも圧倒的だった彼女の第二形態は、もはやチート級の最強ボスだ。

今の自分は彼女の好意を真っ向から受け入れるには、全くレベルが足りていない。

月とスッポン、勇者とおおなめくじ、グランドマスターとブロンズ……。

とにかく、その間にはどう足掻《あが》いても太刀打ちできないくらいの開きがある。

「大好き、か……」

感情が落ち着いてきたところでスマホを手に取り、静寂の中で呟く。

でも、いつか……いつになるかは本当に全く見当もつかないけれど、もし自分が彼女の対等なパートナーとして隣に立っている姿が想像できるようになったら……。

その時は、同じ言葉で反撃を試みるくらいはしてみたい。

まだ直視はできない三文字を視界の端に捉《とら》えながら、遥か高い目標を見上げた。

あとがき

はじめましての方ははじめまして、そうでない方はお久しぶりです。

さて、私が出版作業の中で最も苦手としているあとがきの時間が来てしまいました。

この時になると、いつも検索履歴が『あとがき　書き方』『あとがき　文字数稼ぎ』『あとがきコツ』『あとがき　例文』なんかで埋まってしまいます。

多分、自分のことを書いたりするのが苦手なんでしょうね。

しかし、いつまでも苦手意識を持ったままでは三十年後くらいに自伝を書く際に困りそうなので、今回は頑張って書きたいと思います。

さて本作は、元々Ｗｅｂで連載していた作品がベースになっています。

Ｗｅｂに投稿してすぐの頃は、『これでウケるのかなー』『ラブコメ初挑戦だし厳しいよなー』とかネガティブなことばかりを考えていたんですけど、気がつけば自分でも驚くほどの評価を得て、遂にはこうして書籍化という望外の結果まで得ることができました。

つまり何が言いたいかというと、ここまで来られたのも全てはＷｅｂで応援してくださった読者の方々のおかげだということです。

なので、まずはその皆様方にこの場を借りて、お礼を申し上げたいと思います。

本当にありがとうございました！　これからもどうぞよろしくお願いします！

それから本作を拾い上げてくださったＧＡ文庫編集部の方々もありがとうございます！

最初にサイト経由で打診が来た時は、『ＧＡ文庫といえば、あれとかあれで有名なところだ！』と一人で興奮して小躍りしていました。

また、こんな自分の担当編集を務めてくださったジョーさんに、素晴らしいキャラクターデザインと表紙及び挿絵を提供してくださった間明田先生もありがとうございます！

お二方のご尽力のおかげで、すごく良い本として世に出すことができました！

他にも出版社の編集部以外の方々や流通や書店の関係者の方々など、本作の出版に関わってくださった全ての方々に、ありがとうございます！

えっと……後は……自家製のパンをくれた近所のおばちゃんもありがとう！（美味しかった）

そして、最後になりますが本作を手にとってくださった全ての皆様に最大級の感謝を！

ちなみに、本作はいかがでしたでしょうか？

ここまで読んでいただけたということは、きっと楽しんでいただけたのだと思います。

もしそうであれば、作者冥利に尽きます！

では、またお会いしましょう！　ばいば～い！

ファンレター、作品の
ご感想をお待ちしています

〈あて先〉

〒105-0001
東京都港区虎ノ門2-2-1
SBクリエイティブ（株）
GA文庫編集部 気付

「新人先生」係
「間明田先生」係

本書に関するご意見・ご感想は
右のQRコードよりお寄せください。

※アクセスの際や登録時に発生する通信費等はご負担ください。

https://ga.sbcr.jp/

光属性《ひかりぞくせい》美《び》少女《しょうじょ》の朝日《あさひ》さんがなぜか毎週末俺《まいしゅうまつおれ》の部屋《へや》に入《い》り浸《びた》るようになった件《けん》

発　行　　2024年10月31日　初版第一刷発行

著　者　　新人
発行者　　出井貴完

発行所　　SBクリエイティブ株式会社
〒105-0001
東京都港区虎ノ門2-2-1

装　丁　　AFTERGLOW

印刷・製本　中央精版印刷株式会社

ISBN978-4-8156-2694-5
Printed in Japan　　GA文庫

誘拐されそうになっている子を助けたら、お忍びで遊びに来ていたお姫様だった件

著：ネコクロ　画：Noyu

GA文庫

　平凡な高校生の桐山《きりやま》聖斗《せいと》は夏休みの真っ只中、誘拐現場に居合わせる。聖斗は攫われそうになっていた女の子【ルナ】を救い、行くあてがないという彼女を匿うため同じ屋根の下で過ごすことに。容姿も整っていてスタイル抜群、性格は天真爛漫なルナと一緒に生活し段々と惹かれていく聖斗。そんなルナが突然始業式の日に留学生として聖斗のクラスにやってくる。実は、ルナはとある国のお姫様であることが判明し、さらには求婚されるほど好かれていて——!?

「わ、私がこんなことをするのは、聖斗様だけですよ……？　他の方にはしません……」

　清楚で上品なお姫様【ルナ】とのイチャ甘青春ラブコメ！

試読版は
こちら!

試読版は
こちら!

イラスト／はねこと